佐島 勤
Tsutomu Sato
illustration／石田可奈
Kana Ishida
illustrator assistant／ジミー・ストーン、末永康子

魔法科高中的劣等生 23
The irregular at magic high school

孤立篇

「達也他是……?」
安潔莉娜·庫都·希爾茲
Angelina=Kudou=Shields
前年以「交換留學」的名義從美國來到魔法科高中，魔法技術卓越，金髮碧眼的美少女。真實身分是美軍最強的魔法師安吉·希利鄔斯少校，魔法師「十三使徒」之一。

魔法科高中的劣等生 23

The irregular at magic high school

孤立篇

背負某項缺陷的劣等生哥哥。
一切完美無瑕的優等生妹妹。
這對兄妹就讀魔法科高中之後，

風波不斷的每一天就此揭開序幕——

佐島 勤
Tsutomu Sato
illustration
石田可奈
Kana Ishida

Kadokawa Fantastic Novels

Character
登場角色介紹

司波達也

就讀於三年E班。達觀一切。
妹妹深雪的「守護者」。

司波深雪

就讀於三年A班，達也的妹妹。
前年以首席成績入學的優等生。
擅長冷卻魔法。溺愛哥哥。

西城雷歐赫特

就讀於三年F班，達也的朋友。
二科生。擅長硬化魔法。
個性開朗。

千葉艾莉卡

就讀於三年F班，達也的朋友。
二科生。
可愛的闖禍大王。

柴田美月

就讀於三年E班，達也的朋友。
罹患靈子放射光過敏症。
有點少根筋的認真少女。

吉田幹比古

就讀於三年B班，出自古式魔法名門。
從小就認識艾莉卡。

光井穗香

就讀於三年A班，深雪的同班同學。
擅長光波振動系魔法。
一旦擅自認定後就頗為一意孤行。

北山 雫

就讀於三年A班，深雪的同班同學。
擅長振動與加速系魔法。
情緒起伏鮮少展露於言表。

里美 昴

就讀於三年D班。
宛如美少年的少女。
個性開朗隨和。

英美・艾米莉雅・格爾迪・明智

就讀於三年B班，隔代混血兒。
平常被稱為「艾咪」。
名門格爾迪家的子女。

櫻小路紅葉

三年B班，昴與艾咪的朋友。
便服是哥德蘿莉風格。
喜歡主題樂園。

森崎 駿

三年A班，深雪的
同班同學。擅長高速操作CAD。
身為一科生的自尊強烈。

十三束 鋼

就讀於三年E班。別名「Range Zero」（射程距離零）。
「魔法格鬥武術」的高手。

七草真由美

畢業生。現在是魔法大學學生。
擁有令異性著迷的
小惡魔個性，
不擅長應付他人攻勢。

中条 梓

畢業生。曾任學生會會長。
生性膽小，
個性畏首畏尾。

市原鈴音

畢業生。現在是魔法大學學生。
冷靜沉著的智慧型人物。

服部刑部少丞範藏

畢業生。社團聯盟總長。
雖然優秀，卻有著
過於正經的一面。

渡邊摩利

畢業生。真由美的好友。
各方面傾向好戰。

十文字克人

畢業生。
現在升學至魔法大學。
達也形容為「如同巨巖的人物」。

辰巳鋼太郎

畢業生。曾任風紀委員。
個性豪爽。

關本 勳

畢業生。曾任風紀委員。
論文競賽校內審查第二名。
犯下間諜行為。

澤木 碧

畢業生。曾任風紀委員。
對女性化的名字
耿耿於懷。

桐原武明

畢業生。關東劍術大賽
國中組冠軍。

五十里 啟

畢業生。曾任學生會會計。
魔法理論成績優秀。
千代田花音的未婚夫。

壬生紗耶香

畢業生。劍道大賽
國中女子組全國亞軍。

千代田花音

畢業生。
曾任風紀委員長。
和學姊摩利一樣好戰。

七草香澄

二年級。七草真由美的妹妹。
泉美的雙胞胎姊姊。
個性活潑開朗。

七寶琢磨

二年級。有力的魔法師家系
並且新加入十師族的
「七寶家」的長子。

七草泉美

二年級。七草真由美的妹妹。
香澄的雙胞胎妹妹。
個性成熟穩重。

櫻井水波

二年級。
立場是達也與深雪的表妹。
深雪的守護者候選人。

隅守賢人

二年級。白種人少年。
父母從USNA歸化日本。

安宿怜美

第一高中保健醫生。
穩重溫柔的笑容
大受男學生歡迎。

平河小春

畢業生。以工程師身分
參加九校戰。
主動放棄參加論文競賽。

廿樂計夫

第一高中教師。
擅長魔法幾何學。
論文競賽的負責人。

平河千秋

三年級。
敵視達也。

珍妮佛・史密斯

歸化日本的白種人。達也的班級
與魔法工學課程的指導教師。

三矢詩奈

第一高中的「新生」。
由於聽覺過於敏銳，
所以總是戴著耳罩。

千倉朝子

畢業生。九校戰新項目
「堅盾對壘」的女子單人賽選手。

矢車侍郎

詩奈的青梅竹馬。
自稱是「護衛」。

五十嵐亞實

畢業生。曾任兩項競賽社社長。

五十嵐鷹輔

三年級。亞實的弟弟。個性有些懦弱。

小野 遙

第一高中的
綜合輔導老師。
生性容易被欺負，
卻有不為人知的另一面。

三七上凱利

畢業生。九校戰「祕碑解碼」
正規賽的男生選手。

九重八雲

擅長古式魔法「忍術」。
達也的體術師父。

國東久美子

畢業生，在九校戰競賽項目
「操舵射擊」和艾咪搭檔的選手。
個性相當平易近人。

一条剛毅

將輝的父親。
十師族一条家現任當家。

一条將輝

第三高中的三年級學生。
「十師族」一条家的
下任當家。

一条美登里

將輝的母親。
個性溫和，
廚藝高明。

吉祥寺真紅郎

第三高中的三年級學生。
以「始源喬治」的
別名眾所皆知。

一条 茜

一条家長女。將輝的妹妹。
國中二年級學生。
心儀真紅郎。

一条瑠璃

一条家次女。將輝的妹妹。
我行我素，行事可靠。

北山 潮

雫的父親。企業界的大人物。
商業假名是北方潮。

北山紅音

雫的母親。曾以振動系魔法
聞名的A級魔法師。

北山 航

雫的弟弟。國中一年級。
非常仰慕姊姊。
目標是成為魔工技師。

鳴瀨晴海

雫的表哥。國立魔法大學附設
第四高中的學生。

琵庫希

魔法科高中擁有的
家事輔助機器人。
正式名稱是3H
（Humanoid Home Helper：
人型家事輔助機械）P94型。

牛山

FLT的CAD開發第三課主任。
受到達也的信任。

千葉壽和

千葉艾莉卡的大哥。已故。
警察省國家公務員。

恩斯特・羅瑟

首屈一指的CAD製作公司
羅瑟魔工所
日本分公司社長。

千葉修次

千葉艾莉卡的二哥。摩利的男友。
具備千刃流劍術免許皆傳資格。
別名「千葉的麒麟兒」。

九島 烈

被譽為世界最強
魔法師之一的人物。
眾人尊稱為「宗師」。

稻垣

已故。生前是
警察省的巡查部長，
千葉壽和的部下。

九島真言

日本魔法界長老——
九島烈的兒子，
九島家現任當家。

安娜・羅瑟・鹿取

艾莉卡的母親。日德混血兒，
是艾莉卡的父親——
千葉家當家的「小妾」。

九島光宣

真言的兒子。雖是國立魔法大
學附設第二高中的二年級學生，
但因為經常生病幾乎沒上學。
和藤林響子是異父同母的姊弟。

九鬼 鎮

服從九島家的師補十八家之一。
尊稱九島烈為「老師」。

小和村真紀

實力足以在著名電影獎
入圍最佳女主角的女星。
不只是美貌，演技也得到認同。

陳祥山

大亞聯軍
特殊作戰部隊隊長。
心狠手辣。

呂剛虎

大亞聯軍特殊作戰部隊的
王牌魔法師。
別名「食人虎」。

周公瑾

安排大亞聯盟的呂與陳
來到橫濱的俊美青年。
在中華街活動的神祕人物。

鈴

森崎拯救的少女。
全名是「孫美鈴」。
香港國際犯罪組織
「無頭龍」的新領袖。

布萊德利・張

逃離大亞聯盟的軍人。
階級是中尉。

丹尼爾・劉

和張一樣是大亞聯盟的逃兵。
也是沖繩祕密破壞行動的主謀。

檜垣喬瑟夫

昔日大亞聯盟親侵略沖繩時，
和達也並肩作戰的魔法師軍人。
別名「遺族血統」的
前沖繩駐留美軍遺孤的子孫。

風間玄信

陸軍101旅
獨立魔裝大隊隊長。
階級為中校。

真田繁留

陸軍101旅
獨立魔裝大隊幹部。
階級為少校。

藤林響子

擔任風間副官的
女性軍官。階級為中尉。

佐伯廣海

國防陸軍101旅旅長。階級為少將。
獨立魔裝大隊隊長風間玄信的長官。
外貌使她別名「銀狐」。

柳 連

陸軍101旅
獨立魔裝大隊幹部。
階級為少校。

山中幸典

陸軍101旅獨立魔裝大隊幹部。
少校軍醫，一級治癒魔法師。

酒井

國防陸軍總司令部軍官，階級為上校。
被視為反大亞聯盟的強硬派。

新發田勝成

曾是四葉家下任當家
候選人之一。防衛省職員。
第五高中校友。
擅長聚合系魔法。

四葉真夜

達也與深雪的姨母。
深夜的雙胞胎妹妹。
四葉家現任當家。

堤 琴鳴

新發田勝成的守護者。
調整體「樂師系列」第二代。
適合使用關於聲音的魔法。

葉山

服侍真夜的
高齡管家。

堤 奏太

新發田勝成的守護者。
調整體「樂師系列」
第二代。琴鳴的弟弟，
和她一樣適合使用
關於聲音的魔法。

司波深夜

達也與深雪的母親。已故。
唯一擅長精神構造干涉魔法的
魔法師。

黑羽 貢

司波深夜、
四葉真夜的表弟。
亞夜子、文彌的父親。

櫻井穗波

深夜的「守護者」。已故。
接受基因操作，
強化魔法天分而成的
調整體魔法師
「櫻」系列第一代。

黑羽亞夜子

達也與深雪的遠房表妹。
和弟弟文彌是雙胞胎。
第四高中的學生。

司波小百合

達也與深雪的繼母。
厭惡兩人。

黑羽文彌

曾是四葉下任當家候選人。
達也與深雪的遠房表弟。
和姊姊亞夜子是雙胞胎。
第四高中的學生。

津久葉夕歌

曾是四葉家
下任當家候選人之一。
曾任第一高中學生會副會長。
擅長精神干涉系魔法。

吉見

四葉的魔法師，黑羽家的親戚。超能力者，可讀取人體所殘留的
想子情報體痕跡。極度的祕密主義。

安潔莉娜・庫都・希爾茲

USNA魔法師部隊「STARS」的總隊長。階級是少校。暱稱是莉娜。
也是戰略級魔法師「十三使徒」之一。

瓦吉妮雅・巴藍斯

USNA統合參謀總部情報部內部監察局第一副局長。
階級是上校。來到日本支援莉娜。

希兒薇雅・瑪裘利・法斯特

USNA魔法師部隊「STARS」的行星級魔法師。階級是准尉。
暱稱是希兒薇，姓氏來自軍用代號「第一水星」。
在日本執行作戰時，擔任希利鄔斯少校的輔佐。

班哲明・卡諾普斯

USNA魔法師部隊「STARS」的第二把交椅。
階級是少校。希利鄔斯少校不在時的
代理總隊長。

米卡艾拉・弘格

USNA派到日本的間諜
（正職是國防總署的魔法研究人員）。
暱稱是米亞。

克蕾雅

獵人Q——沒能成為「STARS」的
魔法師部隊「STARDUST」的女兵。
Q意味著追蹤部隊的第17順位。

瑞琪兒

獵人R——沒能成為「STARS」的
魔法師部隊「STARDUST」的女兵。
R意味著追蹤部隊的第18順位。

亞弗列德・佛瑪浩特

USNA魔法師部隊「STARS」的一等星魔法師。
階級是中尉。暱稱是弗列迪。
逃離STARS。

查爾斯・沙立文

USNA魔法師部隊「STARS」的衛星級魔法師。
別名「第二魔星」。
逃離STARS。

神田

民權黨的年輕政治家。
對於國防軍採取批判態度的人權派。
也是反魔法主義者。

上野

以東京為地盤的
執政黨年輕政治家。
眾所皆知親近魔法師的議員。

雷蒙德・S・克拉克

雫留學的USNA柏克萊某高中同學。
是名動不動就主動
和雫示好的白人少年。
真實身分是「七賢人」之一。

近江圓磨

熟悉「反魂術」的魔法研究家，
別名「傀儡師」的古式魔法師。
據說可以使用禁忌的魔法
將屍體化為傀儡。

顧傑

「七賢人」之一。
別名紀德・黑顧，
大漢軍方術士部隊的倖存者。

喬・杜

協助黑顧逃走的神秘男性。能力出色，即使是
要躲避十師族魔法師們追捕的
困難工作也能俐落完成。

詹姆士・傑克森

從澳大利亞來到
日本沖繩的觀光客。
不過他的真實身分是——

卡拉・施米特

德意志聯邦的戰略級魔法師。
在柏林大學設立研究所的教授。

賈絲敏・傑克森

詹姆士的女兒。
雖然年僅十二歲，
卻是非常穩重，
應對進退相當成熟的少女。

伊果・安德烈維齊・貝佐布拉佐夫

新蘇維埃聯邦的戰略級魔法師。
科學協會魔法研究領域的
第一把交椅。

威廉・馬克羅德

英國的戰略級魔法師。
在國外數間知名大學
擁有教授資格的才子。

艾德華・克拉克

USNA國家科學局（NSA）所屬的技術學者。
「至高王座」的管理者。

七草弘一

真由美的父親。
七草家當家。
也是超一流的魔法師。

二木舞衣

十師族「二木家」當家。
住在兵庫縣蘆屋。
表面職業是
數間化學工業、
食品工業公司的大股東。
負責監護阪神
與中國地區。

名倉三郎

受雇於七草家的強力魔法師。
主要擔任真由美的貼身護衛。

三矢 元

十師族「三矢家」當家。住在神奈川縣厚木。
表面職業（不太確定是否能這麼形容）
是跨國的小型兵器掮客。
負責運用至今依然在運作的第三研。

五輪勇海

十師族「五輪家」當家。住在愛媛縣宇和島。
表面職業是海運公司的高層，
實質上的老闆。
負責監護四國地區。

六塚溫子

十師族「六塚家」當家。住在宮城縣仙台。
表面職業是地熱發電所挖掘公司的實質老闆。
負責監護東北地區。

八代雷藏

十師族「八代家」當家。住在福岡縣。
表面職業是大學講師以及數間通訊公司的大股東。
負責監護沖繩以外的
九州地區。

十文字和樹

十師族「十文字家」當家。住在東京都。
表面職業是做國防軍生意的
土木建設公司老闆。
和七草家一起負責監護
包含伊豆的關東地區。

東道青波

八雲稱他為「青波高僧閣下」。
如同僧侶般剃髮的老翁，
但真實身分不明。
依照八雲的說法是
四葉家的贊助者。

遠山（十山）司

輔佐十師族的
師補十八家「十山家」的魔法師。
存在目的不是保護國民，
而是保護國家機能。

部分插圖協助／魔法科高中製作委員會

Glossary
用語解說

魔法科高中
國立魔法大學附設高中的通稱，全國總共設立九所學校。
其中的第一至第三高中，每學年招收兩百名學生，
並且分為一科生與二科生。

花冠、雜草
第一高中用來形容一科生與二科生階級差異的隱語。
一科生制服的左胸口繡著以八枚花瓣組成的徽章，
不過二科生制服沒有。

一科生的徽章

CAD
簡化魔法發動程序的裝置，
內部儲存使用魔法所需的程式。
分成特化型與泛用型，外型也是各有不同。

司波達也的CAD

Four Leaves Technology〔FLT〕
國內一家CAD製造公司。
原本該公司製造的魔法工學零件比成品有名，
但在開發「銀式」之後，
搖身一變成為知名的CAD製造公司。

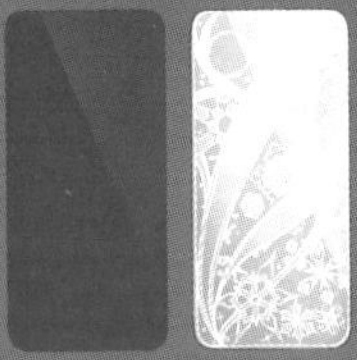

司波深雪的CAD

托拉斯・西爾弗
短短一年就讓特化型CAD的軟體技術進步十年，
而為人所稱頌的天才技師。

Eidos〔個別情報體〕
原為希臘哲學用語。在現代魔法學，個別情報體指的是
「伴隨事物現象而來的情報」，是「事象」曾經存在於
「世界」的記錄，也可以說是「事象」留在「世界」的足跡。
依照現代魔法學的定義，「魔法」就是修改個別情報體，
藉以改寫個別情報體所代表的「事象」的技術。

Idea〔情報體次元〕
原為希臘哲學用語。在現代魔法學，情報體次元指的是「用來記錄個別情報體的平台」。
魔法的原始形態，就是將魔法式輸入這個名為「情報體次元」的平台，
改寫平台裡「個別情報體」的技術。

啟動式
為魔法的設計圖，用來構築魔法的程式。
啟動式的資料檔案，是以壓縮形式儲存在CAD，魔法師輸入想子波展開程式之後，
啟動式會依照資料內容轉換為訊號，並且回傳給魔法師。

想子
位於靈異現象次元的非物質粒子，記錄認知與思考結果的情報元素。
成為現代魔法理論基礎的「個別情報體」，成為現代魔法骨幹的「啟動式」和
「魔法式」技術，都是由想子建構而成。

靈子
位於靈異現象次元的非物質粒子。雖然已經確認其存在，但是形態與功能尚未解析成功。
一般的魔法師，頂多只能「感覺到」活化狀態的靈子。

魔法師
「魔法技能師」的簡稱。能將魔法施展到實用等級的人，統稱為魔法技能師。

魔法式
用來暫時改變伴隨事物現象而來的情報之情報體。由魔法師持有的想子構築而成。

魔法演算領域

構築魔法式的精神領域，也就是魔法資質的主體。該處位於魔法師的潛意識領域，魔法師平常可以意識到魔法演算領域並且使用，卻無法意識到內部的處理過程。對魔法師本人來說，魔法演算領域也堪稱是個黑盒子。

魔法式的輸出程序

❶從CAD接收啟動式，這個步驟稱為「讀取啟動式」。
❷在啟動式加入變數，送入魔法演算領域。
❸依照啟動式與變數構築魔法式。
❹將構築完成的魔法式，傳送到潛意識領域最上層暨意識領域最底層的「基幹」，從意識與潛意識之間的「閘門」輸出到情報體次元。
❺輸出到情報體次元的魔法式，會干涉指定座標的個別情報體進行改寫。

「實用等級」魔法師的標準，是在施展單一系統暨單一工序的魔法時，於半秒內完成這些程序。

魔法的評價基準（魔法力）

構築想子情報體的速度是魔法的處理能力、
構築情報體的規模上限是魔法的容納能力、
魔法式改寫個別情報體的強度是魔法的干涉能力，
這三項能力總稱為魔法力。

始源碼假說

主張「加速、加重、移動、振動、聚合、發散、吸收、釋放」四大系統八大種類的魔法，各自擁有正向與負向共計十六種基礎魔法式，以這十六種魔法式搭配組合，就能構築所有系統魔法的理論。

系統魔法

歸類為四大系統八大種類的魔法。

系統外魔法

並非操作物質現象，而是操作精神現象的魔法統稱。
從使喚靈異存在的神靈魔法、精靈魔法，或是讀心、靈魂出竅、意識操控等，包括的種類琳琅滿目。

十師族

日本最強的魔法師集團。一条、一之倉、一色、二木、二階堂、二瓶、三矢、三日月、四葉、五輪、五頭、五味、六塚、六角、六鄉、六本木、七草、七寶、七夕、七瀨、八代、八朔、八幡、九島、九鬼、九頭見、十文字、十山共二十八個家系，每四年召開一次「十師族甄選會議」，選出的十個家系就稱為「十師族」。

含數家系

如同「十師族」的姓氏有一到十的數字，「百家」之中的主流家系姓氏也有十一以上的數字，例如「『千』代田」、「『五十』里」、「『千』葉」家。
數字大小不代表實力強弱，但姓氏有數字就代表血統純正，可以作為推測魔法師實力的依據之一。

失數家系

亦被簡稱「失數」，是「數字」遭受剝奪的魔法師族群。
昔日魔法師被視為兵器暨實驗樣本的時候，評定為「成功案例」得到數字姓氏的魔法師，要是沒有立下「成功案例」應有的成績，就得接受這樣的烙印。

各式各樣的魔法

● 悲嘆冥河
凍結精神的系統外魔法。凍結的精神無法命令肉體死亡，
中了這個魔法的對象，肉體將會隨著精神的「靜止」而停止、僵硬。
依照觀測，精神與肉體的相互作用，也可能導致部分肉體結晶化。

● 地鳴
以獨立情報體「精靈」為媒介振動地面的古式魔法。

● 術式解散
把建構魔法的魔法式，分解為構造無意義的想子粒子群的魔法。
魔法式作用於伴隨事象而來的情報體，基於這種性質，魔法式的情報結構一定會曝光，無法防止外力進行干涉。

● 術式解體
將想子粒子群壓縮成塊，不經由情報體次元直接射向目標物引爆，摧毀目標物的啟動式或魔法式這種紀錄魔法的想子情報體，屬於無系統魔法。
即使歸類為魔法，但只是一種想子砲彈，結構不包含改變事象的魔法式，因此不受情報強化或領域干涉的影響。此外，砲彈本身的壓力也足以反彈演算干擾的影響。由於完全沒有物理作用力，任何障礙物都無法防堵。

● 地雷原
泥土、岩石、砂子、水泥，不拘任何材質，
總之只要是具備「地面」概念的固體，就能施以強力振動的魔法。

● 地裂
由獨立情報體「精靈」為媒介，以線形壓潰地面，
使地面乍看之下彷彿裂開的魔法。

● 乾冰雹暴
聚集空氣中的二氧化碳製作成乾冰粒，
將凍結過程剩餘的熱能轉換為動能，高速射出乾冰粒的魔法。

● 迅襲雷蛇
在「乾冰雹暴」製造乾冰顆粒時，凝結乾冰氣化產生的水蒸氣，
溶入二氧化碳氣體使其形成高導電霧，再以振動系與釋放系魔法產生摩擦靜電。以溶入碳酸的水霧或水滴為導線，朝對方施展電擊的組合魔法。

● 冰霧神域
振動減速系廣域魔法。冷卻大容積的空氣並操縱其移動，
造成廣範圍的凍結效果。
簡單來說，就像是製造超大冰箱一樣。
發動時產生的白霧，是在空中凍結的冰或乾冰。
但要是提升層級，有時也會混入凝結為液態氮的霧。

● 爆裂
將目標物內部液體氣化的發散系魔法。
如果是生物就是體液氣化導致身體破裂，
如果是以內燃機為動力的機械就是燃料氣化爆炸。
燃料電池也不例外。即使沒有搭載可燃的燃料，無論是電池液、油壓液、冷卻液或潤滑液，世間沒有機械不搭載任何液體，因此只要「爆裂」發動，幾乎所有機械都會毀損而停止運作。

● 亂髮
不是指定角度改變風向，而是為了造成「絆腳」的含糊結果操作氣流，以極接近地面的氣流促使草葉纏住對方雙腳的古式魔法。只能在草長得夠高的原野使用。

魔法劍

使用魔法的戰鬥方式，除了以魔法本身為武器作戰，還有以魔法強化、操作武器的技術。
以魔法配合槍、弓箭等射擊武器的術式為主流，不過在日本，劍技與魔法組合而成的「劍術」也很發達。
現代魔法與古式魔法兩種領域，都開發出堪稱「魔法劍」的專用魔法。

1.高頻刃

高速振動刀身，接觸物體時傳導超越分子結合力的振動，將固體局部液化之後斬斷的魔法。和防止刀身自我毀壞的術式配套使用。

2.壓斬

使劍尖朝揮砍方向的水平兩側產生排斥力，將劍刃接觸的物體像是左右推壓般割斷的魔法。排斥力場細得未滿一公釐，強度卻足以影響光波，因此從正面看劍尖是一條黑線。

3.童子斬

被視為源氏祕劍而相傳至今的古式魔法。遙控兩把刀再加上手上的刀，以三把刀包圍對手並同時砍下的魔法劍技。以同音的「童子斬」隱藏原本「同時斬」的意義。

4.斬鐵

千葉一門的祕劍。不是將刀視為鋼塊或鐵塊，而是定義為「刀」這種單一概念，依循魔法式所設定的刀路而動的移動系統魔法。被定義為單一概念的「刀」如同單分子結晶之刃，不會折斷、彎曲或缺角，將會沿著刀路劈開所有物體。

5.迅雷斬鐵

以專用武裝演算裝置「雷丸」施展的「斬鐵」進化型。將刀與劍士定義為單一集合概念，因此從接觸敵人到出招的一連串動作，都能毫無誤差地高速執行。

6.山怒濤

以全長一八〇公分的大型專用武器「大蛇丸」所施展的千葉一門的祕劍。將己身與刀的慣性減低到極限並高速接近對手，在交鋒瞬間將至今消除的慣性疊加，提升刀身慣性後砍向對方。這股偽造的慣性質量和助跑距離成正比，最高可達十噸。

7.薄翼蜻蜓

將奈米碳管編織為厚度十億分之五公尺的極致薄膜，再以硬化魔法固定為全平面而化為刀刃的魔法。薄翼蜻蜓製成的刀身比任何刀劍或剃刀都要銳利，但術式不支援揮刀動作，因此術士必須具備足夠的刀劍造詣與臂力。

魔法技能師開發研究所

西元二〇三〇年代，日本政府因應第三次世界大戰當前而緊張化的國際情勢，接連設立開發魔法師的研究所。研究目的不是開發魔法，始終是開發魔法師，為了製造出最適合使用所需魔法的魔法師，基因改造也在研究範圍。

魔法技能師開發研究所設立了第一至第十共十所，至今依然有五所運作中。

各研究所的細節如下所述：

魔法技能師開發第一研究所

二〇三一年設立於金澤市，現在已關閉。

開發主題是進行對人戰鬥時直接干涉生物體的魔法。氣化魔法「爆裂」是衍生形態之一。不過，操作人體動作的魔法可能會引發傀儡攻擊（操作他人進行的自殺式恐怖攻擊），因此禁止研發。

魔法技能師開發第二研究所

二〇三一年設立於淡路島，運作中。

和第一研的主題成對，開發的魔法是干涉無機物的魔法。尤其是關於氧化還原反應的吸收系魔法。

魔法技能師開發第三研究所

二〇三二年設立於厚木市，運作中。

目的是開發出能獨力應付各種狀況的魔法師，致力於多重演算的研究。尤其竭力實驗測試可以同時發動、連續發動的魔法數量極限，開發可以同時發動複數魔法的魔法師。

魔法技能師開發第四研究所

詳情不明，推測位於前東京都與前山梨縣的界線附近，設立時間則估計是二〇三三年。現在宣稱已經關閉，而實際狀況也不明。只有前第四研不是由政府，是對國家具備強大影響力的贊助者設立。傳聞現在該研究所從國家獨立出來，接受贊助者的支援繼續運作，也傳聞該贊助者實際上從二〇二〇年代之前就經營著該研究所。

據說其研究目標是試圖利用精神干涉魔法，強化「魔法」這種特異能力的源泉，也就是魔法師潛意識領域的魔法演算領域。

魔法技能師開發第五研究所

二〇三五年設立於四國的宇和島市，運作中。

研究的是干涉物質形狀的魔法。主流研究是技術難度較低的流體控制，但也成功研究出干涉固體形狀的魔法。其成果就是和USNA共同開發的「巴哈姆特」。加上流體干涉魔法「深淵」，該研究所開發出兩個戰略級魔法，是國際聞名的魔法研究機構。

魔法技能師開發第六研究所

二〇三五年設立於仙台市，運作中。

研究如何以魔法控制熱量。和第八研同樣偏向是基礎研究機構，相對的缺乏軍事色彩。不過除了第四研，據說在魔法技能師開發研究所之中，第六研進行基因改造實驗的次數最多（第四研實際狀況不明）。

魔法技能師開發第七研究所

二〇三六年設立於東京，現在已關閉。

主要開發反集團戰鬥用的魔法，群體控制魔法為其成果。第六研的軍事色彩不強，促使第七研成為兼任戰時首都防衛工作的魔法師開發研究設施。

魔法技能師開發第八研究所

二〇三七年設立於北九州市，運作中。

研究如何以魔法操作重力、電磁力與各種強弱不同的交互作用力。基礎研究機構的色彩比第六研更濃厚，但是和國防軍關係密切，這一點和第六研不同。部分原因在於第八研的研究內容很容易連結到核武開發，在國防軍的保證之下，才免於被質疑暗中開發核武。

魔法技能師開發第九研究所

二〇三七年設立於奈良市，現在已關閉。

研究如何將現代魔法與古式魔法融合，試圖藉由讓現代魔法吸收古式魔法的相關知識，解決現代魔法不擅長的各種課題（例如模糊不明確的術式操作）。

魔法技能師開發第十研究所

二〇三九年設立於東京，現在已關閉。

和第七研同樣兼具防衛首都的目的，研究如何在空間產生虛擬結構物的領域魔法，作為遭遇高火力攻擊的防禦手段。各式各樣的反物理護壁魔法為其成果。

此外，第十研試圖使用不同於第四研的手段激發魔法能力。具體來說，他們致力開發的魔法師並非強化魔法演算領域本身，而是能讓魔法演算領域暫時超頻，因應需求使用強力的魔法。但是成功與否並未公開。

除了上述十間研究所，開發元素家系的研究所從二〇一〇年代運作到二〇二〇年代，但現今全部關閉。此外，國防軍在二〇〇二年設立直屬於陸軍總司令部的祕密研究機構，至今依然獨自進行研究。九島烈加入第九研之前，都在這個研究機構接受強化處置。

戰略級魔法師——十三使徒

現代魔法是在高度科技之中培育而成，因此能開發強力軍事魔法的國家有限，導致只有少數國家能開發匹敵大規模破壞兵器的戰略級魔法。

不過，開發成功的魔法會提供給同盟國，高度適合使用戰略級魔法的同盟國魔法師，也可能被認證為戰略級魔法師。

在2095年4月，各國認定適合使用戰略級魔法，並且對外公開身分的魔法師共十三名。他們被稱為「十三使徒」，公認是世界軍事平衡的重要因素。

十三使徒的國籍、姓名與戰略級魔法名稱如下所述：

USNA

安吉・希利鄔斯：「重金屬爆散」
艾里歐特・米勒：「利維坦」
羅蘭・巴特：「利維坦」
※其中只有安吉・希利鄔斯任職於STARS。艾里歐特・米勒位於阿拉斯加基地，羅蘭・巴特位於國外的直布羅陀基地，兩人基本上不會出動。

新蘇維埃聯邦

伊果・安德烈維齊・貝佐布拉佐夫：「水霧炸彈」
列昂尼德・肯德拉切科：「大地紅軍」
※肯德拉切科年事已高，基本上不會離開黑海基地。

大亞細亞聯盟

劉雲德：「霹靂塔」
※劉雲德已於2095年10月31日的對日戰鬥中戰死。

印度、波斯聯邦

巴拉特・錢德勒・坎恩：「神焰沉爆」

日本

五輪 澪：「深淵」

巴西

米吉爾・迪亞斯：「同步線性融合」
※魔法式為USNA提供。

英國

威廉・馬克羅德：「臭氧循環」

德國

卡拉・施米特：「臭氧循環」
※臭氧循環的原型，是分裂前的歐盟因應臭氧層破洞而共同研發的魔法。後來由英國完成，依照協定向前歐盟各國公開魔法式。

土耳其

阿里・夏亨：「巴哈姆特」
※魔法式為USNA與日本所共同開發完成，由日本主導提供。

泰國

梭姆・查伊・班納克：「神焰沉爆」
※魔法式為印度、波斯聯邦提供。

The International Situation

2096年現在的世界情勢

以全球寒冷化為直接契機的第三次世界大戰——二十年世界連續戰爭大幅改寫了世界地圖。世界現狀如下所述：

USA合併加拿大以及墨西哥到巴拿馬等各國，組成北美利堅大陸合眾國（USNA）。

俄羅斯再度吸收烏克蘭與白俄羅斯，組成新蘇維埃聯邦（新蘇聯）。

中國征服緬甸北部、越南北部、寮國北部以及朝鮮半島，組成大亞細亞聯盟（大亞聯盟）。

印度與伊朗併吞中亞各國（土庫曼、烏茲別克、塔吉克、阿富汗）以及南亞各國（巴基斯坦、尼泊爾、不丹、孟加拉、斯里蘭卡），組成印度、波斯聯邦。

亞洲阿拉伯其餘國家，分區締結軍事同盟，對抗新蘇聯、大亞聯盟以及印度、波斯聯邦三大國。

澳洲選擇實質鎖國。

歐洲整合失敗，以德國與法國為界分裂為東西兩側。東歐與西歐也沒能各自整合為單一國家，團結力甚至不如戰前。

非洲各國半數完全消滅，倖存的國家也只能勉強維持都市周邊的統治權。

南美除了巴西，都處於地方政府各自為政的小國分立狀態。

The irregular at magic high school

【1】

二〇九七年四月底。正確時間沒有記錄。到頭來，這場會議不是能留下公式記錄的類別。

「南總收容所遇襲的詳情，正如各位現在閱讀的遠山士官長報告書所述。」

遠山司直屬長官犬飼課長，念完部下的報告之後就座。

「沒能確認襲擊者的身分是吧？」

「是的。沒能確認。」

一名出席者如此詢問，犬飼立刻同意。

「不過從狀況來看，襲擊者的身分昭然若揭。只可能是四葉家的司波達也。」

「說得也是。」

「確實。」

這次，犬飼的斷定引得場內出聲贊同。反倒沒有聲音規勸這是性急的判斷。

南總的祕密收容所，監禁ＵＳＮＡ非法特務的設施遇襲。聚集在這裡的國防陸軍情報部幹部們，認定達也就是犯人。

在這個案例是事實，但即使是栽贓，他們也不會在乎吧。

即使是情報部，一般來說也不會如此粗暴下結論。就算只是形式，也要收集證據與證詞。不過，這場會議是國防陸軍情報部的祕密幹部會議。是只在認定需要的時候舉辦的非正式集會。因為不是正式召開的會議，所以不需要證據。這種集會純粹用來讓他們主觀判斷特定的個人或團體是否對國家有害。

「在下認為司波達也是危險人物，必須強化監視體系。」

「不用立刻除掉嗎？」

犬飼提議之後，有個聲音詢問是否要採用更嚴格的應對措施。

「他的思想是危險分子，卻無疑是難得的戰力。即使不提四葉家在他背後撐腰，凌駕於十山家魔法的攻擊力也很吸引人。」

繼犬飼發言之後，特務一課的課長起身。特務課是在高度保密的國防軍情報部內部也視為不存在的部門，組織形態有時候只有一課，某些時期甚至多達十三課，是不定形的組織。

「關於司波達也，還有另一項必須留意的未確認情報。」

「喔。恩田課長，是什麼情報？」

副部長對這段發言感興趣，催促他說下去。此外，部長沒出席這場會議。位於這裡的副部長也是沒有對外公開的人物。

「司波達也所屬的四葉家和一〇一旅處於合作關係，我想各位已經知道了。」

恩田這番話，引得席上各處有人點頭回應。

「所以？」

副部長也以態度表示自己知道，催促他繼續說。

「司波達也身為一〇一旅的成員，可能是前年十月底燒盡鎮海軍港一帶的魔法師。」

「……『灼熱萬聖節』嗎……」

身分不見光的副部長，掌管國防陸軍不為人知的部分。即使是這樣的他，聽到這段話也終究無法保持鎮靜。

不只是他。沉重沉默籠罩會議室的時間超過一瞬間。

「……你的意思是說，那個戰略級魔法師的真實身分是司波達也？」

犬飼重新詢問恩田。他是將非法活動視為家常便飯的黑暗面成員，卻很清楚戰略級魔法師在國防戰力的重要性。如果司波達也是引發「灼熱萬聖節」的魔法師，他認為不能這麼輕易處分。

「還沒確認。不過即使司波達也是戰略級魔法師，我們也不能放任這種具備危險思想的人不管。」

恩田以唯一沒被驚愕所困的表情，回答職等同為課長的犬飼。

「不，若他獨自擁有過剩的力量，那我們正因如此不能坐視不管。我是這麼認為的。」

恩田刻意排除軍人慣用的拐彎抹角說法，主張這個符合超法規組織成員思想的意見。

大概是被他堅定不移的立場打動，副部長回復鎮靜。

「……你說得沒錯。關於司波達也，就以『再教育』的方針處理吧。」

「贊成。」

「我認為妥當。」

會議成員接連出聲贊同副部長的決定。

◇◇◇

四月底，出動前往北海道的風間等人回到一〇一旅總部。

「風間以下一百九十五人，現在歸隊。」

「所有人平安回來是最好的。」

風間指揮的獨立魔裝大隊，是當成獨立作戰單位而定位為「大隊」，人數卻只有兩個中隊的規模。這次出動的人數大約一半。風間申告的歸隊人數，和這次出動的人數一致。換句話說就是無人犧牲。

對於風間中校的歸隊報告，旅長佐伯少將以稍微安心的表情回應。雖說戰鬥伴隨著兵員的損耗，但損耗為零是再好也不過的。

尤其獨立魔裝大隊是魔法武器、魔法戰術的實驗部隊，基於這個性質，許多人擁有在魔法師之中也很特殊的能力。不提道德方面的價值觀，聚在這裡的官兵身為軍事人材的價值高於其他部隊。即使早就以每日報告得知狀況，但實際確認所有人歸隊，佐伯也更能放下心中的大石頭吧。

「中校，本次出動的隊員給予三天特休，也准許外出。」

「謝謝長官。大家會很高興的。」

風間就這麼維持「稍息」姿勢，微微放鬆嘴角。

佐伯像是回應「嗯」般微微點頭，閉上雙眼輕輕嘆氣。

張開雙眼，面向風間的佐伯，露出國防軍頂尖智將的面容。

風間也繃緊表情。

「昨天，我收到恩田少校的連絡。」

「恩田少校……請問他是誰？」

軍方的人事新聞，風間會悉數檢視，這是身為組織成員的品德。雖然不敢說自己背下所有資料，但他自信記得所有校級以上的高階軍官。而且他對「恩田少校」這個名字沒印象。

「恩田少校是特務的課長。」

「情報部的特務嗎……」

佐伯對於情報部沒有直接的指揮命令權。情報部課長沒有向佐伯報告的義務。

換句話說，這個「連絡」是基於私人情誼，恩田少校是佐伯少將的情報來源之一。風間是這麼解釋的。

風間還認為，恩田應該也把佐伯當成情報來源吧。

「所以，恩田少校告知什麼消息？」

佐伯沒賣關子，直接回答風間的問題。

「大黑特尉列入情報部的肅清對象名單。起因是他襲擊情報部的祕密收容所。」

「……是要除掉特尉嗎？」

雖然沒增加音量，但風間語氣蘊含「難以置信」的情感。

「不是處刑。聽說決定要抓走他進行『教育』。」

「好蠢。」

風間這種說法，如同企劃這個愚蠢行徑的不是情報部，是佐伯。

「沒錯。這種教育……不，在這個場合不必以話語掩飾。這種洗腦導致魔法技能喪失的機率明明很高……」

「閣下，下官不是這個意思。」

佐伯不知道風間想說什麼，以眼神催促他說下去。

「暗殺特尉或許可能，但是要抓他絕對不可能。只有情報部毀滅就算了，以最壞的狀況，整個東京都會沉入火海。」

佐伯瞇細雙眼，朝風間投以嚴厲的視線。就像是懷疑風間自己正企圖進行大規模破壞計畫。

「……特尉會做到這種程度？」

「情報部將特尉認定是危險分子，下官認為這個做法本身是對的。沒有任何人比他更自私。特尉不可能為了國家或市民犧牲自己或親人。他應該是最不適合成為軍人的人種吧。」

「他的能力無從挑剔，但是個性應該如中校你所說吧。」

達也欠缺公僕的精神。佐伯對此似乎也沒有異議。

「不過，我們對於特尉危險程度的認知太天真了。特尉即使不使用『質量爆散』，也同樣只要一個晚上就能將一座都市破壞殆盡吧。」

「貴官對大黑特尉的評價真高。」

「如果現實世界存在著像是故事或遊戲裡的最終大魔王，那麼應該是他。」

「最終大魔王嗎？那麼，能讓故事圓滿落幕的勇者在哪裡？」

「還沒出現在我們面前。所以至少不該在勇者出現之前刺激他吧？」

佐伯與風間同時笑了出來。兩人都是自嘲的笑。大概是覺得正經討論魔王或勇者這種話題的自己很好笑吧。

「貴官的意見，我會透過恩田少校轉達給情報部。不知道這麼做有多少意義就是了……辛苦你了，中校，下去吧。」

「是。」

風間向佐伯敬禮，離開她的辦公室。

◇　◇　◇

五月二日的放學後。

達也不知道自己被熟人當成大魔王，回歸日常生活。

不只是他。

四月下旬發生的詩奈綁架案騷動，到最後解釋為連絡不足造成的誤會，在第一高中內部已經是往事。至於深雪與水波在同一時期遭遇的襲擊事件，由於兩人一副若無其事的樣子，所以也沒吸引其他學生的關心。

一如往常的放學後。包含達也在內的學生會成員，一如往常勤快進行學生會的業務。

從昨天開始，學生會除了平常的業務，還開始為九校戰做準備。雖然還沒收到今年的舉辦要項，但即使像去年一樣變更比賽項目，做基礎的準備工作也不會白費力氣，所以從這方面著手。

達也在檢視比賽用CAD的型錄。比賽使用的CAD規格有限制，要求硬體性能限制在某個範圍。由於沒有限制軟體，所以即使硬體水準相同，儲存裝置的讀取速度或OS的方便性，將是影響勝負的要素。

如同去年比賽項目變更，CAD的規制也可能變更。所以預先收集情報不會做白工。即使達也以托拉斯・西爾弗的名義親自參與CAD製作，他的知識也沒有網羅舊時代的機種。達也嘴裡說是學生會的工作，實際上頗為樂在其中。

「主人。」

此時，傳來一個打斷工作的聲音。

琵庫希不是以心電感應，是發出聲音向達也說話。

「什麼事？」

達也目光沒離開螢幕，只出聲回應。

「收到，重大的，新聞。」

「重大的新聞？」

達也轉身看向琵庫希。

「關於，戰略級魔法的，新聞。」

深雪聽到琵庫希的說明抬起頭，達也移動視線，以眼神和她溝通。

「播放在牆壁上。」

琵庫希依照達也的指示，將正在錄影的新聞從頭播放在牆面的大型螢幕。

不只是達也，學生會幹部都看向螢幕。

剛開始以好奇為主的氣氛，迅速染上嚴肅的色彩。

播放到一半，傳來像是哀號的噓氣聲，不過在新聞播完之前，沒有任何人說任何話。

「這次是非洲嗎……」

首先說出感想的是泉美。

「幾內亞灣岸，尼日河三角洲……記得現在是實質上由大亞聯盟統治的地區吧？」

「嗯。」

穗香說完，來串門子的雫以附和的形式肯定。

「那裡是戰亂地區，所以可能性高於歐洲或北美，不過……」

達也同樣忍不住冒出「不會吧」的想法。

螢幕播放的新聞，是戰略級魔法「霹靂塔」在尼日河三角洲發動，造成多人傷亡的事實。而且大亞聯軍發布聲明承認犯行。

確實，由於「同步線性融合」在南美發動，關於戰略級魔法使用的心理門檻下降了。使用方的門檻下降了。

不過，世間的——更正，世界的目光反而更加嚴厲。

當然不只是目光。巴西軍使用「同步線性融合」的批判聲浪化為怒濤，從全世界捲向巴西。即使是過了一個月的現在，氣勢依然不減。

儘管如此，大亞聯盟依然沒隱瞞使用戰略性魔法的行徑。反而主動宣布使用了「霹靂塔」，如同在向世界炫耀這次的戰果。

「是在牽制法國嗎？」

「這應該是主要目的吧。」

達也有條件地同意深雪的詢問。

世界連續戰爭期間，列強湧入非洲尋求資源。國家與國家，政府軍與反政府軍。對於交戰勢力進行支援，暗中操控，或是直接介入，藉以「確保」地下資源。列強的這些行動，消滅了非洲大陸的「國家」。

世界大戰結束至今三十多年的現在，這些紛爭依然持續上演，只是軍事衝突的規模變小，變得零星罷了。在幾內亞灣岸區域，部族等級的小規模武裝集團切碎分割的勢力地區，大亞聯盟與法國像是在玩黑白棋相互搶奪。

在尼日河三角洲，數年前整合的領域被納入大亞聯盟旗下。不過最近這幾個月，自稱是本世紀初所崛起國際恐怖組織ＭＥＮＤ（尼日河三角洲解放運動）衍生的武裝勢力接受法國的支援，威脅到大亞聯盟的統治。

這次的戰略級魔法，深雪推測是為了牽制、逼退法國的支援，這肯定是正確答案之一。

「還有其他目的嗎？」

發問的不是深雪，是泉美。她至今和達也的相處還是稱不上融洽。雖然很少主動積極搭話，但現在似乎是好奇心略勝一籌。

「使用的魔法是『霹靂塔』。不過大亞聯盟發表的使用者不是劉雲德，是一名叫做劉麗蕾的少女。」

「這在剛才的新聞也受到注目。意思是要讓國家公認的新戰略魔法師亮相嗎？」

「肯定是亮相，但應該瞞不住了吧。」

「瞞不住什麼？」

詫異的不只是泉美，穗香與詩奈頭頂也冒出問號。

「劉雲德從一年多前就沒出現在公開場合。每年必定參與的閱兵典禮，他去年也缺席。軍事相關人士之間，從以前就推測他已經死亡，不過終於瞞不住了吧。」

劉雲德在「灼熱萬聖節」戰死的消息，達也在事發之後就知道。不過大亞聯盟隱瞞這個情報至今。所以他在這裡配合說明的內容，也僅止於消息稍微靈通的人知道也不奇怪的程度。

「那麼劉雲德已經戰死，由劉麗蕾接棒？」

「公布戰略級魔法師的存在，是為了成為遏阻力。即使劉雲德死亡，也有替代的戰略級魔法師。大亞聯盟應該是以這種方式示威吧。」

「牽制法國，並且對全世界示威嗎……」

泉美露出認同的表情低語。

和雷歐與艾莉卡等人會合，只有三年級繞路光顧的咖啡廳「艾尼布利榭」店內，主要的話題也是在非洲發動的戰略級魔法。

「可是，這樣也是在挑釁周邊各國吧？」

隨著話題走向聊到大亞聯盟為什麼主動宣布戰略級魔法的使用，達也把剛才在學生會室對泉美的回答再說一次。艾莉卡對此的反應就是這句話。

「這種事他們應該早就知道了。因為所謂的遏阻力，就是對他國的威嚇。」

很像是達也會說的這番話，出自幹比古之口。感覺不適合他這個好好先生，不過在現今的男高中生這麼說並不稀奇。

「新的十三使徒是十四歲嗎？居然比我們還小……」

第一手消息出現不到一小時，大亞聯盟就向媒體發表詳細聲明。主要內容是批判敵對武裝勢力的不人道行為，訴求戰略級魔法的正當性，其中也包含新「使徒」的宣傳。

一開始的新聞只知道「劉麗蕾」這個名字與性別。經過大亞聯盟正式公布，得知她是十四歲少女而感到驚訝的人，不只是雷歐他們。

「雖然年齡也很驚人，但是那麼小的女孩居然是戰略級魔法師……」

「真的。即使各國狀況不同，卻莫名有種情何以堪的感覺……」

穗香蹙眉這麼說，美月以相同表情表示同感。

「對大人唯命是從，我覺得很可憐，不過既然是國家公認，待遇應該不錯。」

艾莉卡的語氣有點不耐煩，因為這個年齡的孩童成為魔法實驗犧牲者的事件，也曾經在日本發生。不只是日本或大亞聯盟，這種悲劇肯定持續在世界各地上演。受害者大多葬身於黑暗，這名少女卻像這樣被推上光天化日的舞台，就某方面來說確實幸運。

「我是被她露臉嚇一跳。」

在艾莉卡的發言使得場中氣氛沉悶之前，雫這句話引導眾人的興趣轉向。

「也對。一般來說，戰略級魔法師的個人情報明明都會保密，但她不只是姓名與年齡，還公開本人的外貌，確實令人意外。」

深雪接在雫這句話後面發言，也是為了迴避陰沉的話題，但是如她所說，劉麗蕾的容貌對外公開也令她大感意外。

「前提是那個少女真的是『霹靂塔』的術士。」

聽完達也的開場白露出「啊……」這種表情的人，不只是深雪與雫。看來她們忘了劉麗蕾這名少女是替身的可能性。

「大亞聯軍是不是要把她打造成提振士氣的象徵？」

「這麼年幼可愛的少女都在努力，所以大人要更加展現骨氣。是這個意思嗎？」

剛才露出不耐煩樣子的艾莉卡自己也無可奈何吧。她將達也的推測解釋得更淺顯易懂。

「總之，算是吧。」

達也並不是無法理解她的心情，所以刻意在語氣加入一些苦笑。

「大亞聯盟承認劉雲德戰死，也是要補強『繼承爺爺衣缽的嬌憐少女』這個形象？」

「是不是真正的孫女就不得而知了。」

艾莉卡露出壞心眼的笑容，吐槽幹比古的這段推論。依照大亞聯盟公布的內容，劉麗蕾是劉雲德的孫女。

「話說回來……」

雷歐講到這裡就遲遲沒說下去。「怎麼了？」幹比古問。

「……八百人死亡是真的嗎？」

在幹比古的催促之下，雷歐吐出說不出口的疑問。

「激戰區幾乎沒有平民居住，這或許不是謊言，就算這樣，死亡人數也很少吧？那是戰略級

大亞聯盟宣布新戰略級魔法師的存

魔法吧？」

眾人不經意看向達也。

「造成的傷亡應該比『同步線性融合』還少吧。因為『霹靂塔』不是用來直接殺傷敵人的魔法，是用來破壞工廠或基礎建設的魔法。」

「『霹靂塔』不是從天上打雷的魔法嗎？」

美月以不明就裡的表情詢問。

「『霹靂塔』以兩種魔法構成，分別是在目標區域上空引發電子突崩的魔法，以及將目標區域電阻斷續又不均等拉低的魔法。」

即使達也這麼說明，美月也一副鴨子聽雷的表情。

達也看向幹比古。以眼神示意「你代為說明看看吧」。

幹比古接受他的要求。要說他沒有「對美月表現一下」的想法，應該是騙人的。

「簡單來說，引發電子突崩的魔法，是製作雷電所需電流的程序，將電阻不均等拉低，是要將電阻值設定成剛好造成絕緣破壞的等級。短時間內斷續引發這個現象，就能連續產生落雷。」

「……換句話說，是接連打雷的魔法吧？」

美月像是要聽清楚每字每句，以認真表情凝視幹比古的臉，不過很難說她真的有聽懂。

「是的。這個理解是對的。」

不過幹比古的評分標準很寬鬆。究竟是對任何人都這樣，還是只對美月這樣，唯獨在這個場合不得而知。

「『霹靂塔』的特徵，在於比起單次威力更重視攻擊次數。」

幹比古瞥向達也。達也只以目光同意之後，幹比古露出稍微鬆一口氣的表情。大概是有點沒自信吧。

「……不是以超強的雷電打在單一位置，而是每次發動魔法都在大範圍區域造成威力不錯的雷擊。這個魔法對於輕裝步兵就像是惡夢，不過只要防雷擊的對策確實做到某種程度，就不會造成致命傷。然而這個魔法有另一個超乎預料的效果。」

「就是破壞基礎建設嗎？」

「沒錯。短時間內斷續造成落雷，代表該區域的電磁場連續劇烈變動。而且在這一瞬間，該區域內所有物體的電阻，都被拉低到幾乎造成絕緣破壞的等級。若要省略詳細的說明，那麼『霹靂塔』就是大範圍重創電子機器的魔法。」

「換句話說，『霹靂塔』的真面目是魔法的ＥＭＰ（電磁脈衝）武器嗎？」

雷歐在這時候插嘴。

「原理不同，不過從效果來看，可以這麼說。」

即使和美月的交談被妨礙，幹比古也沒有壞了心情。

「直接的殺傷力不高，所以死者不多。我好像懂這個道理了。不過這麼一來，我有另一個疑問。」

「什麼疑問？」

「那裡是一直互搶地盤的戰亂地區，沒辦法建設高科技都市吧？會因為ＥＭＰ武器受創的機械，我覺得大概只有資源採掘設備啊？」

「我不知道詳情，但應該沒錯吧。」

「這些採掘設施，現在是在大亞聯盟手中吧？既然這樣，因為ＥＭＰ武器受害的不就是大亞聯盟嗎？為什麼要使用對自己不利的魔法？」

幹比古朝達也投以求助般的視線。

達也不慌不忙，緩緩開口。

「聽說在尼日河三角洲，大亞聯盟最近陷入劣勢。由於法國提供無人自動武器，所以實質統治的地區約一半被敵對武裝集團搶走的樣子。」

光是這段說明，雷歐似乎就猜出端倪。

「無人自動武器……？這就是原因嗎？」

「即使會傷害到採掘設施，也要優先毀掉無人武器吧。」

幹比古也達到相同的理解。

不過，達也沒把兩人的解釋打滿分。

「在本國勢力範圍使用霹靂塔的動機，應該是要對付無人武器。然而無須多說，那個魔法具備殺傷能力。如果是沒有充足避雷裝備的輕裝士兵，或是穿普通服裝的平民，就會輕易喪命。」

雷歐與幹比古繃緊表情。他們忘記傷亡人數並不是零。

「所以實際的傷亡人數……高於公布的人數？」

深雪戰戰兢兢詢問。

「『霹靂塔』最棘手的地方，在於醫療設施也會癱瘓。即使沒有當場死亡，事後回天乏術的人也很多吧……」

達也以憂心忡忡的表情回答。

在前年，也就是二〇九五年的九校戰，達也讓雫使用他設計的魔法「動態空中機雷」。雫以這個魔法在「精速射擊」新人賽拿下冠軍榮耀，「動態空中機雷」被視為新魔法，收錄在魔法大學編纂的魔法百科全書《魔法大全》。

不過，達也當時在四葉家依然只被當成不能見光的人物或燙手山芋看待，所以他不願以「動態空中機雷」開發者的身分受到世人注目，想將雫登錄為開發者。

然而雫不可能接受這種搶走他人功勞的提案。到最後，「動態空中機雷」就這麼以開發者不明的形式，僅止於暫定收錄的階段。

結果，這個魔法是在今年一月正式收錄。因為達也在四葉家得到「當家兒子」與「下任當家未婚夫」的地位，所以無須隱瞞身分了。雖然這麼說，但達也並非主動掛名。真相是魔法大學從那時候就掌握到真正的開發者是達也，並且持續定期和達也接觸。達也是四葉家下任當家未婚夫的消息公布之後，魔法大學大概察覺事態的內幕吧，過完年立刻打電話說服達也。要是一直維持暫定收錄的話很難看，達也拗不過這樣的央求終於點頭。

所以雖然實際上興趣缺缺，不過到了今天，達也覺得幸好掛上自己的名字。看到今天早上的新聞，達也深深認為還好沒造成雫的困擾。

達也的座位和去年一樣在靠走廊的窗邊。還沒上課之前，在這間三年E班的教室，看向達也竊竊私語的學生很顯眼。

從靠走廊的窗戶將上半身探進來的艾莉卡，惡狠狠地環視教室。視線湊巧和她相對的學生連忙別過頭。艾莉卡不高興地哼了一聲，視線移回達也。

「武裝游擊部隊使用了『動態空中機雷』的傳聞是真的嗎？那是戰術級的破壞力吧？我不認為那個魔法可以輸出這種威力。」

不是好奇，而是擔心達也而特地從自己教室來到E班的幹比古，在書桌旁邊詢問達也。

「『動態空中機雷』的威力沒有上限。雖然規模與速度成反比，不過只要魔法師夠優秀，威力要多強就有多強。很感謝你們這樣關心，不過從屍體狀況來看，肯定是使用了那個魔法吧。」

達也平淡回答。幹比古表情蒙上陰影，教室裡聊八卦的聲音更加活絡。

不用說，班上同學掛在嘴上的話題，正是今天早上各家媒體報導的新聞。

兩天前，戰略級魔法在非洲使用，造成多人傷亡。實質統治當地的大亞聯盟發表聲明，直到昨天的死者不到九百人。即使如此，這個規模也堪稱造成多人死亡，不過歐美媒體推測實際上光是當地人的死亡人數就超過三千人。

當地人應該也包括武裝游擊部隊吧。肯定也有稱不上游擊隊的恐怖分子。不過，其中包含許多平民也是可以確定的。

然後，昨晚進行報復了。位於中亞的大亞聯軍基地遭受武裝游擊隊的襲擊。襲擊組織是尼日河三角洲解放軍（ＥＡＮＤ：Emancipation Army of the Niger Delta）。自稱是國際恐怖組織（ＭＥＮＤ：Movement for the Emancipation Army of the Niger Delta）衍生的武裝勢力。

從時間點來看，ＥＡＮＤ攻擊大亞聯軍基地肯定早有預謀，和戰略級魔法「霹靂塔」的使用無關。宣稱這個措施是要對抗大亞聯盟的無差別攻擊，只不過是事後追加的理由。即使如此，也確實進行了標榜報復的偷襲攻擊。

報復成功的聲明，是由奇襲行動的核心人物，幾內亞灣西岸出身的少女魔法師──艾菲雅・門薩所發表。而且她使用的魔法是「動態空中機雷」。

「動態空中機雷」是以振動力場產生縱波，促使固體脆化粉碎的魔法。人類陷入這個魔法製造出來的振動領域，全身骨骼都會粉碎，成為血肉皮囊而喪命。這是艾菲雅・門薩本次首度對人類使用這個魔法才首度得知的事情。

「就算她使用的是你研發的魔法，有人犧牲也是當事人的問題吧？你有什麼責任？」

艾莉卡不耐煩地咂嘴。達也的同學大多露出尷尬表情別過臉。只有一人例外。

「——這是開發非人道的魔法必須背負的道義責任吧？」

「啊啊？」

故意說給別人聽的呢喃，使得艾莉卡發出恐嚇的聲音。

剛才低語的平河千秋，以明顯的動作撇過頭。

「艾莉卡，住手。」

達也阻止了眼中隱含危險光芒的艾莉卡。

在千秋那邊，周圍座位的女學生也圍著她不知所措。

「道義責任嗎……諾貝爾的炸藥，愛因斯坦的原子彈。想找碴不愁找不到理由。」

雷歐不是滋味般輕聲說。

「講那種話的傢伙，今後會逐漸增加吧。」

場中沒人否定這句低語。

◇ ◇ ◇

『您主張魔法大學沒有責任嗎？』

『《魔法大全》是魔法學研究成果的整理，魔法大學只是盡到研究機構的職責。』

電視上，記者盛氣凌人地質詢，魔法大學負責公關的職員，回答的語氣雖然穩重，但是臉色不太好，大概是懾於對方的氣勢。

『那麼，責任在於開發殺人魔法的第一高中學生嗎？』

不過，對於充滿惡意的這個問題，職員臉色大變反駁。

『第一高中學生沒什麼責任！』

但即使語氣強硬，記者依然不改那份引人反感的從容。

『不過實際上，魔法科高中生為了全國魔法科高中親善魔法競技大會開發的魔法，造成的死亡人數達到三位數。』

『這是戰死的人吧？該負責的是把魔法當成武器使用的武裝游擊隊，不是研發魔法的人。』

『真是如此嗎？』

『……您想表達什麼？』

職員一問，記者像是「等這句話等很久了」咧嘴一笑。

『即使是一般的武器，像是毒氣或達姆彈這種殘酷的武器也簽署公約禁用。國際規定非人道武器是違禁品。』

『動態空中機雷不是武器！』

理解記者想說什麼之後，大學職員臉色大變。但即使加重語氣，也無法阻止記者說下去。

『不過，現在已經當成武器使用了。』

『這……所以說，這是使用者的責任……』

『何況都命名為「機雷」了，應該是打從一開始就設想到會當成武器使用吧？』

有點搶話講得滔滔不絕的記者如此斷定，職員語塞沒能反駁。現代魔法原本就是當成武器研發。收錄在《魔法大全》的魔法大多可以改用在軍事目的，很難強辯「動態空中機雷」是例外。

『持有或研發非人道武器都是違法行為，這是國際社會的共識。我了避免我國被國際社會批判和人道為敵，應該適度指導大學與附設高中的學生吧？』

『關於本次中亞的武力衝突使用日本人研發的魔法，本大學認為責任始終在於使用魔法的當事人。』

到最後，大學職員只能以這個論點撐過這場記者會。

「哥哥，國際社會不只是禁止持有非人道武器，也禁止研發，這是真的嗎？」

雖然是特例，不過魔法大學的記者會在週日舉行。大學校方大概認為就是這麼需要緊急應對吧。在自家客廳收看實況的達也，在記者會結束的同時接受這個詢問。

詢問的是一起看電視的深雪。對外不再是兄妹關係的日子已經經過四個月，但深雪遲遲改不掉「哥哥」這個稱呼。最近甚至展現「只要沒被外人聽到就沒關係吧？」的看開態度。

「很難說。禁止持有是真的，不過要禁止研發全新類型的武器應該很難。畢竟是不是非人道武器，必須在該武器公諸於世才知道。」

「意思是要實際使用過，才知道是否違反人道嗎？」

「不必使用，在設計階段就知道會成為什麼樣的武器，因為是先有目的才製作的東西。」

對於再三詢問的深雪，達也笑著搖了搖頭。

「不過，如果是當成『武器』研發，大多會在完成之前保密吧。要是還沒完成就公開研發計畫，大概是自信不會被認定為非人道武器。」

「啊，原來是這個意思。」

「不過，以魔法的狀況可能不太一樣。例如飛機，雖然不是當成武器研發，卻可以轉用為武器。只不過除了初期的軍事利用，必須當成軍機研發的機體才能用在戰鬥。但以魔法的狀況，即使不是基於軍事利用研發，依照魔法師的能力也可能成為暗殺用的武器或大規模毀滅性武器。」

達也輕輕嘆氣。

「老實說，我沒想到有魔法師能將那個魔法熟練使用到那種程度。這次的時間點有驚無險。免於造成雫的困擾，真的太好了。」

達也這番話有種心灰意冷的感覺。但深雪不知道是對什麼東西心灰意冷，所以也決定不了自己應該對達也說什麼。

◇　◇　◇

依照邏輯來思考，關於「動態空中機雷」這次造成大亞聯盟軍人與基地職員犧牲，達也沒有責任。不過世間大多不會按照道理運作，至少短時間內是如此。

但即使理解這一點，達也也沒料想到會以這種形式產生影響。

西元二〇九七年五月十日，星期五的放學後。

「各位，請聽我說。」

被叫去教職員室的深雪一回到學生會室，沒回到自己座位，而是背對出入口的門，就這麼站著對幹部們說話。

光是這樣，所有人都認為事情非比尋常。

達也、穗香、泉美、水波、詩奈。深雪承受五人的視線，以強忍淚水般的表情說下去。

「九校戰大會委員會通知，本年度的九校戰中止。」

深雪的聲音有點顫抖。

不過，她這樣堪稱了不起了。

穗香與泉美發出無聲的哀號，水波與詩奈就這麼語塞僵住。

「……深雪，通知信可以給我看嗎？」

即使是達也，也需要數秒才做出這個反應。

「好的……請稍待。」

至今站著不動的深雪，以不靈活的腳步走向自己的座位。

「……請過目。」

等到面向終端機的深雪停止手指動作，達也開啟了剛複製到學生會共享資料夾的文件檔。

茫然自失的另外四人，也像是被達也的行動引得開啟同一份文件。

「……傷腦筋。果然是我害的嗎？」

達也輕聲說。

「不是的！」

深雪壓抑至今的情感爆發。填滿她內心的情緒是憤怒。

「這是很過分的藉口！哥哥絕對沒有責任！」

室溫隨著叫聲驟降。深雪不只是忘記扮演好自己的立場，甚至忘記控制魔法。

「深雪，妳冷靜。」

達也知道深雪在為他生氣，所以斥責的聲音也沒氣勢。

雖然不是取而代之，但達也左手食指與中指伸直併攏，從右到左輕輕一揮。

室溫突然復原。貼在窗戶的霜消失得無影無蹤，也沒留下水珠。

「倒轉……回去了？」

如此低語的是詩奈，但不只是她，包括深雪的五名少女，都聽到像是錄影帶倒帶的幻音。達也是用「重組」將深雪失控的冷卻魔法改寫成沒發生過，造成這種次要的影響。「室溫已經在冷卻」這個事象所伴隨的情報體，無視於所有程序返回到魔法發動之前，導致世界必須將冷卻現象倒轉回去，才能符合自然法則。詩奈她們聽到的幻音，是情報體次元產生的因果逆轉衝擊到正常因果的流動所產生的想子波雜訊。

「……達也大人，不好意思。」

自己的魔法失控而勞煩到達也，這份認知讓深雪的頭腦冷卻下來了吧。她像是擺脫心魔般回復鎮靜。

「不過，達也大人沒有任何責任。九校戰中止舉辦，是因為大會委員會不負責任。實際上在這幾天，因為九校戰而遭受批判的，都是關於去年的比賽項目變更吧？」

「沒……沒錯！『動態空中機雷』只有在一開始造成話題！現在被拿出來抨擊的，是軍事色彩強烈的去年大會！」

如同深雪與穗香全力安慰時所說，媒體歇斯底里狂打「非人道魔法的研發責任」僅止於魔法大學記者會隔天的星期一。到了星期二，矛頭突然指向九校戰的存在方式本身。尤其去年大會將

「越野障礙賽跑」採用為競賽項目，被批評是將魔法大學附設高中軍事化。

這個批判有一定的根據。「越野障礙賽跑」是直接將軍方進行的訓練改成競賽形式，是軍人為了較量訓練成果而設計的。

不只是「越野障礙賽跑」。「堅盾對壘」是改編自近戰格鬥訓練的競賽。「操舵射擊」的軍事色彩，更勝於從海軍訓練課程設計的「衝浪競速」。參加大會的魔法科高中生自己，也感覺到九校戰的方針傾向於培育軍人。

達也認為，論調突然改變的背後，有某種黑手在操作媒體。他無法斷言是誰在幕後操控。或許是雫的父親在女兒成為媒體犧牲品之前採取對策。也可能是生產一般武器的軍需企業，為了阻止一般武器被魔法取代導致業績惡化，試著遏阻魔法運用在軍事層面。

如果是後者，這個計畫可以說成功了。

遭到出乎意料批判的大會委員會，對於「學生精心設計用在健全競賽的魔法遭武裝勢力利用」表明遺憾之意，宣稱要和魔法大學重新檢討情報管理體制，以這個名義決定中止本年度的大會。

「……也對。抱歉讓妳們無謂擔心了。」

深雪接受深雪與穗香的主張，為剛才自貶的發言謝罪。

表面上是如此。

◇　◇　◇

不過，收到「九校戰中止」這個壞消息的高中生們，並非都認為這個大顯身手的舞台之所以消失，是因為管理體制鬆散導致魔法被惡用。不，將大會委員會說詞照單全收的學生，反倒肯定比較少才對。

「七寶，你聽說了嗎？」

進行社團活動時，問琢磨這個問題的，是同社團叫做千川的同年級學生。順帶一提，琢磨和千川在去年的「祕碑解碼」新人賽也是隊友。

「如果你問的是九校戰中止的消息，我剛才聽說了。」

琢磨故做平靜回答。但他不自然壓抑抑揚頓挫的語氣，反而透露出不甘心的氣息。

「我們還有明年，但學長姊們只能節哀了。在最終學年，想趁著今年拿下好成績的人應該很多吧。」

「是啊……」

琢磨以興致缺缺的表情附和。

不過，千川沒察覺琢磨「別再聊這個話題」的訊號。

「我說啊，應該只有今年中止吧？」

「既然是為了重新檢討情報管理體制，明年應該沒問題吧？」

「說得也是。但願如此。」

琢磨回答之後，千川感慨低語。

「可是啊，說什麼情報管理體制，這終究是藉口吧？老實說，除非拿掉戰鬥類型的項目或是限制使用的魔法，不然明年也很難舉辦吧？」

琢磨板起臉。

千川將這個反應，解釋為琢磨同意他的論點。

「一般來說，高中生研發的魔法，不可能就這麼用在戰爭就是了。司波學長也沒料到會變成這種結果吧？」

「……九校戰中止，可不是司波學長的責任喔。」

琢磨的語氣，比他本人的意圖還要不悅。

這個反應出乎千川的預料。他有點慌張地辯解。

「我也不認為是學長的錯。真要說的話，我認為學長是被媒體找碴的受害者。可是啊……」

千川瞥向琢磨，觀察他的臉色。

「可是？」

在琢磨的催促之下，千川沒時間擇言就說下去。

「如果是司波學長，應該早就知道那個魔法可能轉用在軍事吧？也知道會帶來那種結果。」

琢磨再度板起臉。不是因為千川這番話令他不悅，而是想起大亞聯盟公開的受害者照片。照片造成的刺激相當強烈，網路立刻自動加上觀看年齡的限制，但琢磨很不幸地在自稱自由記者的新聞網站看見那些照片。

「不需要特地研發那種魔法，以北山學姊的實力，應該也能在『精速射擊』奪冠。司波學長做得太過火吧？他在這一點或許有點輕率……我是這麼想的。」

琢磨沉默下來，連附和都沒附和，所以千川愈說愈小聲。但這不是因為琢磨對千川的意見抱持反感。

事實上相反，琢磨覺得朋友的指摘有道理。

◇　◇　◇

在第一高中，站在達也這邊的人再怎麼說都比較多。達也在去年與前年的九校戰優勝貢獻良多，一高學生沒忘記這一點。因此無論內心怎麼想，對於達也的批判也難以浮上檯面。

但是不用說，在其他學校的狀況就不同了。

「將輝！」

「一条學長！」

第三高中風紀委員會室。將輝不是風紀委員長，但是包括掛名的風紀委員長，全校學生都認同第三高中風紀委員會的龍頭是「一条將輝」。不，他是第三高中實際上的第一把交椅，這是學生會長都承認的事實。此外，擔任學生會長的女生別說二十八家，甚至不是百家出身，卻是將輝在校內唯一抬不起頭的對象。

這件事暫且不提。

將輝在風紀委員會等待出動時（三高的風紀委員會不像一高重視巡邏，是等學生通報才再採取應對措施），同屆同學與小一屆的學弟找上門。

「你們兩個，怎麼了？」

兩人都是去年九校戰的隊友。學弟是被期待成為明年王牌的希望之星。

「聽說九校戰中止了，真的嗎？」

將輝輕輕嘆口氣，回應同學的這個問題。

「是真的。我也是剛剛才聽到。」

「中止的原因是一高的那傢伙嗎？」

三高學生只要提到「一高的那傢伙」，都是在說達也。達也讓三高在去年與前年的九校戰苦吞敗北，因此三高將達也認定是最強的敵人。

「這就錯了。大會中止是為了重新檢討情報管理體制，以免九校戰公開的魔法落入武裝游擊隊或恐怖分子手中。」

將輝也將達也視為「討厭的傢伙」。先前合作追捕周公瑾與顧傑，使得同伴意識在內心稍微萌芽，但是達也在將輝眼中依然是勁敵。

不過……不，正因如此，胡亂將達也當成壞人，有違將輝的意思。達也是「壞人」，這是毋庸置疑的事實，不過正因為是應該光明正大打倒的敵人，所以將輝覺得這種栽贓貶低的做法很卑鄙。

然而將輝的同學與學弟，不像將輝對達也抱持這麼複雜的情感。

「可是，之所以需要重新檢討，是因為那傢伙研發了非人道的魔法吧？」

「沒錯。不提名義，直接的原因在於那個傢伙吧？」

所以，兩人毫不猶豫將達也當成不滿與煩躁情緒的出氣筒。

「契機或許是這樣沒錯……」

而且對於將輝來說，同樣就讀三高的學生是「己方」，達也始終是「敵方」。他猶豫是否要在同學與學弟面前為達也強力辯護。

「就是說吧？一条學長，我不甘心。為什麼那個傢伙害得我們非得放棄九校戰？」

「一點都沒錯。用不著中止大會，剔除一高再舉辦就行了吧？不然的話，只禁止那傢伙出賽也行。」

「不，終究不能這樣吧。差別待遇反而會遭受媒體抨擊。」

只將達也趕出大會，將輝覺得這再怎麼說也太過分了，以比較委婉的說法告誡兩人。

「嘖，對喔。那傢伙要造成多大的麻煩才甘心？」

「該不會是被稱為天才工程師，就誤以為自己做什麼事都會被原諒吧？」

不過，將輝的真意沒傳達給同學與學弟。

其他的魔法科高中，也展開類似的對話。

別校沒向第一高中抗議。關於九校戰中止以及「動態空中機雷」被利用在軍事，各校對外都認定兩者沒有「直接」的關係。但是到了隔天的星期六，隨著九校戰中止的內情為人所知，對於達也個人的攻擊，在魔法科高中各校學生之間傳開。

在這樣不利的局勢中，來自美國的一則新聞，進一步將達也逼入絕境。

〔3〕

五月十二日星期日，一大早報導的這則新聞，是關於洛杉磯當地時間昨日下午一點發表的國際計畫。

發表者名為艾德華・克拉克。隸屬於ＵＳＮＡ國家科學局（ＮＳＡ：National Science Agency），政府旗下的技術學者。這份聲明包含了ＮＳＡ號召世界各國協助的性質。

還沒打通任何關節，美國單方面提出的國際計畫。

名稱是「狄俄涅計畫」。使用魔法技術，以木星環的資源將金星環境地球化的夢想。

金星的直徑是地球的〇・九五倍，重力是〇・九倍。從這一點來看，金星比火星更適合人類移居，但因為厚重的二氧化碳大氣層與硫酸雲，加上推測是溫室效應造成的高溫，因此判斷環境難以改造，宇宙殖民計畫的對象移轉為火星。

暫且不提和地球的距離，考慮到低重力對人體可能造成的不良影響，人類殖民目標與其選擇火星，金星應該是更理想的選擇。使用一般技術難如登天的金星大氣層改造，改由魔法技術來實行，這就是「狄俄涅計畫」的宗旨。

推動「狄俄涅計畫」所需的人材，艾德華・克拉克除了自己還點名九人。名單成員不盡是科學家。「馬克西米利安研發中心」的社長保羅・馬克西米利安與「羅瑟魔工所」的社長弗里德里希・羅瑟也名列其中。

先不提能否實現，尋求世界兩大魔法工學製造商的龍頭協助，堪稱妥當的選擇吧。國家公認戰略級魔法師「十三使徒」中的威廉・馬克羅德與伊果・安德烈維齊・貝佐布拉佐夫也是知名的魔法學權威，能獲得兩人協助的可能性更低，但是列出兩人的名字也令人能夠接受。

剛發表不久，現階段只在畫大餅的這項計畫，之所以引起日本媒體的注目，是因為沒公布姓名的第十人。

艾德華・克拉克列舉九人的姓名之後，對鏡頭這麼說。

『還有一位我務必想邀請加入本計畫的技術人員。這個人依照居住國家的法律還沒成年，所以不能透露本名，不過這個人是以「托拉斯・西爾弗」這個名字活動的日本高中生。』

「簡直唯恐天下不亂……」

看完自動錄影的晨間新聞之後，達也在客廳沙發不悅低語。最近幾乎已經和清爽心情無緣的早晨變得更缺乏滋潤。

一旁的深雪朝達也投以擔心的視線，也不敢搭話。不，感覺是不知道該對他說什麼才好。

「……抱歉，深雪。看來害妳多操心了。」

搭話的是察覺她視線的達也。

達也朝深雪投以一如往常的沉穩笑容。

然而，他掛著笑容的臉立刻繃緊。

因為看見深雪臉頰滑下的淚水。

「…………」

這次輪到達也語塞。

「對……對不起。」

深雪連忙要以手指拭淚。

她身後遞出一條乾淨的手帕。

「水波，謝謝。」

深雪轉頭道謝，從水波手中接過手帕，不是擦拭淚水沾濕的臉，而是按住雙眼隱藏表情。

「……深雪？」

達也戰戰兢兢叫深雪的名字。

深雪稍微放下手帕。

從瀏海下方露出的臉蛋，染得紅通通的。

「那個……不好意思。突然掉眼淚，感覺很像小孩子對吧……？」

看來深雪對於突然被看見淚水感到害羞。

「不，我不會覺得像是小孩子……不過，究竟怎麼了？」

深雪放下臉蛋前方的白色手帕。她的眼角與臉頰還留著紅暈。

「那個……哥哥。不，達也大人。」

深雪目光稍微從達也雙眼移開，換個稱謂叫他。

「求求您，在我的面前……請不要強顏歡笑。」

「我並沒有……」

達也沒能果斷說完這句辯解。他也知道自己無法好好說謊。

「達也大人身處於嚴苛的狀況，連我都知道這件事。達也大人不可能不知道。」

「說得……也是……」

「我或許無能為力……不過，至少請讓我分擔您的煩惱。因為我已經不是您的妹妹，是您的未婚妻。」

深雪揚起視線觀察達也的表情。客觀來看，她說得不算大膽，也沒什麼好奇怪的，她卻為自己這番話感到不好意思。

按照「常理」，這時候應該會失去理性，緊抱少女嬌弱的身軀吧。

或許是貪婪享受鮮豔嬌唇的場面。

在這種時候無法忘我，人生大概就虧大了。

達也凝視著靦腆的深雪思考這種事。

多虧深雪使得心情變得祥和，但是襲擊達也的逆風沒有止息。重頭戲反倒是現在才開始。

「最麻煩的狀況……」

達也回應深雪的要求，透過和她對話整理現狀。

「就是托拉斯．西爾弗的真面目曝光。不過這已經無從挽回。」

「即使刪除艾德華．克拉克的記憶也沒意義吧……」

「沒錯。必須以『世人得知托拉斯．西爾弗是我』為前提思考應對之道。」

「您不會選擇接受艾德華．克拉克的邀請吧？」

「不會。為了解讀艾德華．克拉克真正的目的，必須仔細研究『狄俄涅計畫』的內容……不過，即使這個構想對魔法師有益，以我現在的立場也不能為USNA效力。」

「……意思是如果姨母大人認同，也可以考慮這個選項？」

「即使姨母大人認同，我也不會離開妳身邊。」

深雪眼角泛紅別過頭。剛才自己親口宣言「不是妹妹，是未婚妻」，因此她比平常更強烈意識到達也是異性。

深雪不同於以往的反應，沒讓達也困惑。這是說出來之後才察覺，說的人與聽的人都會不好意思的那種話語。深雪強烈意識到自己的立場不是習以為常的妹妹，而是未婚妻，在這個狀態難免承受不了羞恥的感覺。

不過，這時候道歉只會更尷尬。達也假裝沒看到害羞發抖的深雪，繼續說下去。

「話是這麼說，不過將魔法利用在非軍事領域的國際計畫，我挺感興趣的……先整理現在知道的情報吧。」

「……我也來拜讀。」

艾德華．克拉克對媒體發佈的新聞稿，附上該計畫的概要。達也以及好不容易重整心情的深雪，各自檢視原文與翻譯資料。

水波重新泡茶擺在兩人面前。如同以此為暗號，達也與深雪同時從顯示概要的電子紙抬頭。

「……這裡的『狄俄涅』原來不是土星的衛星，是希臘神話的女神耶。」

「是的。生下阿芙蘿黛蒂的宙斯妻子。不是來自海中泡沫的那個阿芙蘿黛蒂誕生的神話。」

「宙斯是朱彼得，也就是木星。阿芙蘿黛蒂是維納斯，也就是金星。以木星資源讓金星脫胎換骨的女神計畫……是這個意思嗎？」

「應該是這樣沒錯。我認為這個計畫本身對人類意義非凡，不過……」

達也視線回到電子紙張，皺起眉頭。

該計畫由四個要素組成。

第一項要素，是資材與預先組裝的設備從地球射向太空時，利用加重與加速系的魔法。在宇宙建造大規模設施的最大障礙是地心引力。將大質量的物體送到衛星軌道以外，需要高推力的火箭引擎。即使要使用地球外部的資源，最初的採掘機械或工程機械也必須從地球載運過去。

為此，該計畫並不是開發巨大火箭，而是以加重、加速系魔法輔助現存的火箭，將大質量物體運往宇宙。

這有前例可循。大戰之前有個計畫，是在宇宙設置極超音速彈的砲台，做為替代核子武器的戰略武器。該計畫的瓶頸在於火箭引擎的推力。要當成戰略武器運用，需要配備大量的質量彈。要將質量如此龐大的物體送上衛星軌道，不是得開發高推力的火箭引擎，就是得反覆發射火箭分批運送。即使掛著替代核武的名目，所需的費用依然難以令人接受。

由此想出來的方法，就是讓兩名魔法師搭乘火箭，使用加重、加速系的魔法。其中一人減輕火箭本身承受的重力（包括載運的貨品，也就是內藏質量彈的飛彈以及發射平台的組件），另一人增幅火箭引擎產生的加速力。USNA前身的USA，曾經實際以這種方法發射戰略軍事衛星做為飛彈發射台。

不過，這個架構在第一顆戰略軍事衛星完成的時候就作廢。因為運送三十枚飛彈與衛星組件的六次火箭發射過程中，參與計畫的十二名魔法師全在衛星軌道上喪命。

不是發生意外。不，肯定是意外，但魔法師以外的太空人與技師無人死亡。包含貨物在內重達六百噸的物體，質量與重力要在短時間內大幅變化，以這個條件行使魔法，是對魔法師精神造成過度負擔而致命的行為。

只不過，這方面已經想出解決之道。雖然因為成本考量沒有實際驗證，不過只要進行實驗就幾乎肯定成功吧。這部分達也也不擔心。

第二項要素，是由魔法師從小行星帶採掘計畫所需的金屬資源。「狄俄涅計畫」需要大量的鎳，不過鎳可以在「M型小行星」取得。不只是鎳，用為宇宙設施材料的金屬，不必刻意動用地球的地下資源，也能在宇宙調度吧。不過，在無重力空間採掘資源面臨一項難題，就是每次移動都要消耗推進劑。

在這個計畫，解決推進劑問題的方式，是將移動魔法運用在太空船外部的作業。若是使用移動魔法，確實能以母船為基準點，在小行星或小天體之間自由移動。魔法師在遠離地球的小行星帶長期擔任礦工如果可行，這應該可以說是很好的點子吧。

第三項要素，是以魔法從木星採取氫，運送到金星。氫與二氧化碳會在高溫高壓下產生化學反應，生成水與甲烷。運用這種「薩巴捷反應」為沒有水的金星帶來水，同時減少二氧化碳。鎳就是該反應使用的觸媒。

在金星的衛星軌道配備繫鍊衛星（沒固定在地面的軌道電梯），加工成合適形狀的鎳箱掛在衛星上。在木星採取、運送過來的氫由繫鍊衛星主體接收，不必加熱或加壓，也能以鎳為觸媒引發薩巴捷反應。只要確保金星大氣蘊含充足的水，就能以基因改造的藻類生產氧氣。

在這個架構中，魔法師配置在木星與金星的衛星軌道。從木星送出運氧船，以及在金星收容運氧船的兩個過程，使用到移動系與加速系的魔法。

只不過，水（水蒸氣）與甲烷造成的溫室效應比二氧化碳還強。即使二氧化碳減少，金星溫度也會愈來愈高吧。這時候要從伽利略衛星之一的木衛四地表切割冰塊射向金星，將冰塊投入金星大氣層降溫。由魔法切割與搬運這些巨大冰塊就是第四項要素。

濃硫酸加上冰塊會發揮冷卻劑的效果，所以只要投入大量冰塊，預料能有效冷卻金星大氣。即使以薩巴捷反應生產水的過程不順利，光是這樣或許也能完成金星大氣改造的第一階段。

不過，上述的第三與第四架構，必要條件是魔法師得常駐於木星圈與金星衛星軌道。為了持續發射擺脫木星重力的運氧船與巨大冰塊，需要的魔法師人數應該相當可觀，配置在金星的繫鍊衛星只有一兩顆的話沒什麼意義，所以這邊也需要許多魔法師。送往木星或火星的魔法師，大概長年無法回到地球吧。說到無法回到地球，在第二架構擔任宇宙礦工的魔法師也一樣。

「這個計畫，果然……」

「有什麼問題嗎？」

深雪問完，達也就這麼皺眉點頭。

「或許是我想太多。我反而希望是我想太多……但我覺得這個計畫的目的，是要將威脅人們的魔法師趕出地球。」

「也就是……趕往宇宙？」

從深雪的聲音聽不出危機意識。她的話語似乎沒實際理解箇中意義。

這或許也在所難免。全球冷化造成社會混亂，接著又爆發戰爭，導致宇宙開發計畫中斷至今依然停滯不前。關於載人的太空飛行技術，甚至從二十一世紀初就逐漸退步。

現狀連身為「人類」菁英的太空人也很難上太空。即使聽到要將魔法師趕到宇宙，深雪也肯定沒什麼感覺。

「表面上當然是宇宙開發。不過參與這項計畫的魔法師，長時間無法回到地球。即使成功回來，等到身體狀況回復，也會再度啟程出發吧。」

達也視線固定在電子紙，就這麼沒抬起頭。

「將人生奉獻給宇宙開發。這種做法本身是了不起的生活方式。但是我……」

達也就這麼陷入自己的思緒，沒有和深雪目光相對。

◇◇◇

隔天，星期一早晨。三年A班的教室。

到校人數超過一半，不到三分之二。此外，深雪還沒出現在教室。

教室裡，學生們三五成群在各處聊天。即使是魔法科高中的學生，在這方面也是天經地義的高中生。

沒什麼人在討論中止的九校戰。不是不在意，感覺是明顯迴避。引發問題的魔法「動態空中機雷」當事人就在這一班，而且A班的學生們知道，去年與前年的九校戰能夠奪冠，某方面來說確實是多虧達也。這一班的參賽選手很多，所以更不方便聊這個話題吧。

雖然不致全盤，但從昨天就數度上新聞的美國宇宙開發計畫，變成許多學生談論的主題。

穗香與雫也不例外。

「雫，那件事是真的嗎？」

「哪件事？」

「就是那個啊，『托拉斯．西爾弗』的真面目是日本的高中生。」

像穗香這樣對托拉斯．西爾弗真面目感興趣的魔法科高中生，絕對不是例外。

身分不明的天才魔工技師，其實和她們一樣是高中生。

「不能斷言是假的。也有吉祥寺同學這個例子。」

第三高中三年級的吉祥寺真紅郎是「始源碼」的發現者，在魔法學領域是無人不知的名人。他在十三歲成就這份偉業。即使後來沒有亮眼的成果，吉祥寺真紅郎的名聲也完全不輸給實現「加重系魔法三大技術難題」之一——飛行魔法的托拉斯．西爾弗。

由於有三高吉祥寺真紅郎此例，所以托拉斯．西爾弗是高中生也不奇怪。這就是雫的理論。

「那個，雫……」

已經是老交情了。雫知道現在的穗香對自己想說的話沒自信，希望有人推她一把。

「什麼事？」

所以，雫催促結巴的穗香說下去。

「托拉斯．西爾弗……是不是達也同學？」

「有可能。」

雫立刻回答。

穗香默默睜大雙眼。

「怎麼了？」

「……因為我沒想到，妳想都不想就回答我……」

「我也是首先就這麼認為。」
雫再度立刻對穗香這麼說。
「妳的意思是說，妳聽到托拉斯．西爾弗是高中生就這麼認為？」
「嗯。」
雫毫不猶豫點頭，接著大概覺得光是這樣太不親切，停頓片刻之後補充說明。
「如果托拉斯．西爾弗是日本的高中生，我認為非達也同學莫屬。」
「……果然是這樣對吧。」
穗香露出苦思的表情。
「那麼……啊！」
不過，穗香這時候沒有繼續說下去。
她看到深雪進入教室，連忙閉嘴。
「早安。」
「早，深雪。」
雫向深雪回以早晨的問候。
「深雪，早安。」
穗香也跟著做。達也會不會去美國？穗香沒能在深雪面前說出這份擔憂。

在即將上課的時間點進入教室安全上壘的達也，剛坐下沒多久，就因為教學終端機顯示的訊息而被迫再度起身。

◇　◇　◇

「達也同學，怎麼了？」

今年也坐在達也旁邊的美月疑惑詢問。從二年級晉升三年級的時候沒有換座位。

「教職員室叫我過去。我去去就回來。」

美月擔心地臉色一沉。不只美月，聽到達也回答的同學們多多少少朝達也投以關心的視線。

看到這個反應，達也心想幸好沒說真話。

其實他被叫去的地方不是教職員室，是校長室。

校長室裡，百山校長、八百坂教頭，還有三年E班指導教師珍妮佛·史密斯在等達也。

百山坐在厚重的辦公桌後方，八百坂站在辦公桌側邊，珍妮佛站在八百坂斜後方。三人以這個陣型迎接。

「事不宜遲，我想確認一件事。」

達也站到辦公桌前方，百山省略開場白直接詢問。

「司波達也同學，你是托拉斯．西爾弗嗎？」

「……為什麼問這種問題？」

達也沒回答百山的詢問，而是回以這個問題。

從學生與校長的關係來看，這個行為很失禮，但百山看起來沒有明顯壞了心情，態度像是已經猜到達也不會回答。

「我收到USNA國家科學局──NSA透過美國大使館發的函。昨天，大使館員專程拿到我家。」

百山不只是第一高中校長，更是魔法教育的國家級權威，但始終是平民，沒有參與外交。大使館員將等同於外交文件的信函親自交給一介平民，是極度特別的案例。

不過，達也即使聽到這件事，依然連眉頭也不動一下。

百山也是，泰然面對十八歲小毛頭的囂張態度。

達也和百山的視線相對。不是迸出火花，形容成互推較勁比較合適。旁觀的八百坂教頭臉色鐵青，和兩人成為對比。

「我收到的信函是這封。」

百山從辦公桌抽屜取出白色信封，放在桌上。

「『請協助安排托拉斯．西爾弗，也就是司波達也先生參加狄俄涅計畫』。信裡的主旨是這樣的委託。USNA國家科學局斷定你是托拉斯．西爾弗，要求你參加計畫。」

「校長，我還是在這所學校學習知識的高中生，不想中途放棄學業。」

達也沒回答「你是托拉斯．西爾弗嗎？」這個問題。他刻意忽略這部分，以這個冠冕堂皇的論點謝絕……更正，堅拒參加該計畫。

「本校學生受邀參加國際性的魔法計畫。我認為這很光榮。」

百山停頓片刻，朝達也投以格外強烈的目光。

「不只是我。魔法大學的校長也抱持相同意見。如果你參加NSA的計畫，這邊會贈與本高中的畢業資格與魔法大學的入學資格。若是因為參加計畫而無法修習魔法大學的課程，會按照參加計畫的期間自動給予學分，在你參與計畫滿四年的時間點授與魔法大學畢業資格。」

「這是正式的決定嗎？」

「還不是正式的決定，但我以地位與名聲擔保。」

百山不等達也回應，就轉頭看向珍妮佛。

「史密斯老師，司波同學已經習得足以從本校畢業的知識與技能吧？」

「您說得是。」

大概是不情願吧，珍妮佛以逼不得已的語氣回答。

「即使只看去年的恆星爐實驗，我也評定司波同學已經達到魔法大學畢業生的水準。」

「這樣啊。」

百山朝珍妮佛點點頭，視線移回達也。

「司波同學。你也不願意將時間浪費在低於自己水準的課程吧？」

「但我認為上本校的課程不是浪費時間。」

「不用謙虛沒關係的。」

百山將達也這句話當成言不由衷，不予理會。

「雖然這麼說，但你也沒辦法立刻下結論吧。幸好ＮＳＡ沒有限定回答期限。本校從今天開始免除你出席上課的義務，你就好好考慮吧。」

「……意思是要我閉門反省嗎？」

達也特別放慢語氣詢問百山。

「不是處罰。你一如往常使用本校設施也沒關係。不過包含實習在內，你不用出席上課也視為修習完畢。也不必接受定期測驗，全部以A級分處理。」

百山沒有刻意做人情，以平淡語氣如此告知。

「知道了。我會收下這些可貴的時間。」

總之，達也先假裝保留答覆，試圖拖延時間。

◇　◇　◇

達也從校長室返回之後，面不改色正常上課。上午最後一堂課是實習課，但他不在乎珍妮佛投以疑惑的目光，同樣面不改色參加實習。

他是在放學後，學生會活動開始的時候，做出不同於以往的行動。

「深雪，我想談一些事。」

「好的。不介意在這裡談嗎？」

「嗯。我也希望大家聽我說。」

深雪詢問要不要換場所，達也回答留在這裡就好。

不知道達也意圖的深雪略顯困惑，但總之決定先聽達也要說什麼的樣子。她從學生會長的辦公桌移動到會議桌。

達也也坐在深雪正對面。穗香、泉美與詩奈從座位轉身面向桌子，水波站在深雪斜後方。琵庫希從房間角落的椅子起身，泡兩人分的茶端過來。從達也坐的位置，清楚看得見水波面不改色散發不悅的氣息。

「所以達也大人，要談什麼事？」

等琵庫希離開桌邊之後，深雪問。

所有人豎起耳朵，以免聽漏達也的回答。

「今天早上，校長叫我去校長室，告知我免除出席義務。」

「為什麼？」

深雪立刻臉色大變起身，朝桌子探出上半身。

不只是深雪，穗香也從椅子起身。

「原因回去再說明。校長說不是停學或閉門反省，但實際上應該不希望我來學校吧。」

「……是不方便外人聽到的原因吧？」

深雪坐回椅子，拚命試著冷靜，同時像是勸誡自己般詢問。

「是的。」

「……難道說，和九校戰中止有關？」

泉美從旁插嘴詢問。

「不是直接的原因，但或許包括在內。」

「那麼，直接的原因難道是……」

這次是依然站著的穗香，說出不知道是詢問還是自言自語的這句話。

「達也同學是托拉斯．西爾弗，所以受邀參加美國的計畫？」穗香這麼猜想。

這完全是正確答案，但達也投以目光催促她說下去，她就搖頭回應「沒事」，就這麼打退堂鼓沒提問。

達也沒勉強穗香，再度面向深雪。

「關於這件事，家裡或許有話要說。」

達也提到的「家」是四葉家，不只是深雪與水波，穗香、泉美與詩奈都聽得懂。

「我無法否定可能暫時不能來學校，所以我要請辭學生會幹部。」

沉默的薄紗覆蓋學生會室。

深雪沒開口，達也等待她回應。

泉美與穗香，分別默默注視深雪與達也。

詩奈不知所措，視線在深雪與達也之間來回，水波就這麼看向下方站著不動。

為了更換放涼的茶，琵庫希收走茶杯。水波立刻重泡兩杯茶端給達也與深雪。

水波露出滿足的笑容，回到深雪背後。

「……我知道了。」

深雪總算打破沉默，以難過的聲音擠出答覆。

「不過，要是您辭去學生會幹部，將無法在校內攜帶CAD。即使只是掛名，我認為您繼續擔任學生會幹部比較好。」

「可是這樣的話，無法做個了斷。」

「不會有任何人抱怨。」

深雪說出公私不分的狂語。

達也當然想要勸誡她。

但深雪像是隨時會掉淚的悲壯眼神，使得達也收回斥責。

「……知道了。照妳說的做吧。」

其實對於達也來說，高中內部的秩序一點都不重要。

◇　◇　◇

學生會的了斷被當成不重要的事情解決，但是達也與深雪有個無法如此輕易解決的問題。

「姨母大人，抱歉在晚上打擾您。」

關於ＵＳＮＡ國家科學局寄給百山校長的信函，真夜不會做壁上觀。達也算好時間打電話到本家。

『沒關係。是重要的事情吧？』

看到出現在畫面的真夜表情，達也覺得怪怪的。

因為真夜看起來，不是假裝不知道達也打這通電話的用意，是真的不知道。為了避免內心想法寫在臉上，達也比以往更小心謹慎，回答真夜的問題。

「是的。在下認為事態重大。」

達也以這句話開場，在真夜插嘴之前進入正題。

「第一高中的百山校長、八百坂教頭與珍妮佛・史密斯教師，得知托拉斯・西爾弗的真實身分了。似乎是USNA國家科學局透過美國大使館捎給百山校長的信函寫到的。」

『……是關於那個計畫？』

真夜的反應慢半拍。證明這個情報對她來說也很意外。

「是的。」

『對此……你肯定沒承認吧。』

被問到「你是托拉斯・西爾弗吧」，達也不可能回答「沒錯」。真夜似乎問到一半也察覺這一點。

「是的。不過，應該沒意義吧。」

即使達也否認，百山與八百坂也都比較相信NSA吧。不只是百山他們，認識達也的人，肯定大多認同「托拉斯・西爾弗的真實身分是司波達也」這個主張，視為真相而接受。並不是因為NSA是美國政府單位。達也至今過度展現符合這個主張的能力。

『說得也是……雖然比預定來得早，不過托拉斯・西爾弗這件事非得放棄了吧。』

真夜在畫面中做出思考的模樣。

達也沒搭話干擾真夜，靜待她開口。

『……那麼，百山校長還對你說了什麼？』

真夜這麼一問，達也詳細說明百山開出的條件。

『百山校長是在避免政治家或媒體為了你的去留而干涉校務運作吧。』

「在下也這麼認為。」

關於百山的動機，真夜的推測和達也一致。

『我想想……你暫時別到一高或許比較好。』

「意思是要在本家閉門反省嗎？」

橫濱事件當時，達也使用「質量爆散」之後，真夜直接命令他在本家閉門反省。

這次也是相同的處分嗎？達也如此心想並且詢問，但真夜在畫面上搖了搖頭。

『不是對我反省。明天起，周圍的雜音會愈來愈激烈吧？我不認為這種事會讓你判斷出錯，不過心煩的事情就是心煩吧？所以我在想，或許要對學校那邊假裝反省，等事態適度降溫。』

達也無法率直接受真夜的建議。雖然說不出有什麼疑點，卻難免覺得有隱情。

不過，「隔一段冷卻時間比較好」這個意見，達也也不得不點頭認同「有道理」。

和話語具備的負面形象相反，「逃避」經常是有效解決問題的方法。或許「忍受」反而比較容易連結到「屈服」。這次的案例也是，比起在第一高中硬是努力下去，暫時逃避比較可以期待狀況變化吧。

不過，為此必須……

『而且，並不是明天就要採取行動。你得暫時離開深雪身邊，所以要辦妥相應的程序。』

這正是達也正在思考的事。雖然達也免除出席義務，但深雪可不能陪他請假。

如果是一週程度的短暫期間，兩人至今也曾經相隔兩地。不過這次可能長達一個月以上。雖說可以從遠處「守護」，不過這個家只留下深雪與水波兩人，達也放心不下。

畫面中的真夜，以視線掃過站在達也身旁的深雪，以及站在斜後方的水波，然後再度看向達也。

『校內的護衛工作交給水波。你或許會擔憂就是了……』

隔著鏡頭承受真夜視線的達也，立刻搖了搖頭。

「不，我知道水波的實力毫無問題。」

水波臉頰染上一抹紅暈。她感覺到達也表現的信任絕對不是嘴上說說，內心亢奮起來。

『這樣啊。那麼水波，拜託妳了。』

「夫人，請交給屬下。」

水波以注入幹勁的表情回應。

真夜在螢幕上朝著水波滿意點頭。

『上下學由這邊安排人手。並不是懷疑妳的實力喔。』

「屬下明白。」

水波一臉嚴肅地點頭。她沒有自以為是到堅持「自己一個人就夠了」。

『問題在晚上。只有妳們兩人在家，要是在熟睡時遇襲，無法保證不會發生什麼萬一。』

達也、深雪與水波都沒對真夜這番話提出異議。即使內心認為不必擔心，但是無意義地賭氣惹真夜不高興也太愚蠢了。三人都懂這個道理。

『深雪。』

「是。」

『雖然應該很麻煩，但妳願意搬到調布嗎？』

真夜之所以對深雪說話，是因為這是為深雪安排的措施。

「您說搬到調布，是指那棟大樓嗎？」

『是的。』

聽到深雪的詢問，真夜笑咪咪地點頭。

『那棟大樓是四葉家用作首都圈總部的建築物，所以原本就預定讓妳在不久後搬過去。雖然計畫稍微提前，但這是好機會。下週日搬過去吧。必要的程序由這邊辦理。』

再怎麼說也太趕了。

深雪內心是這麼想的。

「知道了。」

但她乖乖朝著真夜如此回應。

真夜也知道深雪不會抗命，所以立刻進行下一項指示。

『搬完家之後，達也暫時去伊豆的別墅吧。』

「四葉家在伊豆有據點嗎？」

達也首先想到的是「不是去本家嗎？」這個問題。但他擔心節外生枝，所以沒問。相對的，達也詢問伊豆那裡的細節。

『哎呀，你肯定知道才對吧？』

真夜驚訝的方式有點裝模作樣，所以達也沒說出腦海浮現的可能性，等她說下去。

『伊豆不是有一棟我姊姊……你們母親用來療養的別墅嗎？』

「還沒處分掉？」

『沒處分喔。因為你們母親很喜歡那棟別墅。』

達也不認為四葉家這麼重感情。

但他立刻換了一個想法。

為了一名少女而槓上其他國家，以一族半數人員的生命為代價完成報復。小心翼翼保管個人回憶居所的這種感傷情懷。或許很適合這樣的四葉家擁有。

『這邊也會在下週日之前，把必要的東西搬過去。研究用的機械也會預先設置，所以不用帶任何行李就能移動喔。』

整整一週就能從無到有，將工作站或調校裝置設置完畢，再怎麼說也太周到了。那棟別墅其實是研究用的外部據點吧？

達也如此心想，卻沒說出這個疑惑。

「一切遵照您的吩咐。」

達也以服從的態度，朝螢幕上的真夜行禮致意。

◇　◇　◇

和達也通話完畢之後，真夜收起笑容露出不悅表情，喝光茶杯裡的茶。

她將茶杯放回桌上。不過，茶杯底部即將碰到茶碟時，真夜將茶杯扔到半空中。

緊接著，室內充滿「夜」。

不是黑暗。是繁星閃耀的夜空。

星辰流動。

流星從四面八方殺向茶杯。

黑夜離去，茶杯碎片落在人造燈光照亮的地板。

「來人啊，打掃乾淨。」

真夜背後響起一個毫不慌張的聲音。「是，馬上來。」身穿工作服的侍女回應葉山的命令，拿掃把與畚箕過來。

侍女刻意徒手掃地，收拾茶杯殘骸之後離開房間。

看不見她的身影之後，葉山移動到真夜的視線範圍內。

「夫人，要端新的茶水給您嗎？」

「不，免了。」

不惜發動「流星群」的暴躁情緒，在真夜的聲音裡連一點餘韻都不留。

「這次被USNA搶先一步了。」

「……我承認。」

真夜以不情不願的語氣，回應葉山這句話。

「如葉山先生所說，看來我太依賴『至高王座』了。系統一停止就落得這副德行。」

真夜有些自嘲地扭曲嘴唇。

「不，夫人。這次的事件，即使預先知道對方在打什麼主意，屬下認為也無從防範。我們的手終究伸不進ＵＳＮＡ的國家機構。」

「……不是至少可以暗殺艾德華．克拉克嗎？」

「屬下認為這個假設沒意義。」

「……也對。我還是不要言不由衷地逞強吧。」

假設真的做得到，也下不了暗殺指令。葉山如此指摘，真夜也認同了。

「夫人。依照屬下愚昧的想法，『至高王座』在這個時間點停止，才是應該重視的事件。」

葉山這個指摘，使得真夜稍微睜大雙眼。

「意思是艾德華．克拉克和『至高王座』有關？」

「『至高王座』是全球通訊竊聽系統『梯隊系統Ⅲ』的駭客系統。ＵＳＮＡ國家科學局的職員很可能參與其中。」

「……也對。雖然我認為不會成為直接影響現狀的要素，但我就放在心上吧。」

真夜輕聲說完，葉山恭敬行禮。

〔4〕

隔天早晨。比以往更白熱化的對打訓練結束之後，達也告知八雲想暫時停止修行。

「我不介意喔。你不是我的徒弟，所以不必想得這麼死板。隨時可以停止，只要有空，我也是隨時奉陪。」

「師父，謝謝您。」

雖然八雲剛說不是徒弟，達也卻很自然地稱他「師父」。

八雲沒責備也沒糾正。甚至沒露出苦笑。

「只不過，我想問隱情。原因果然是美國的宇宙開發計畫？」

八雲臉上充滿好奇。

輪到達也差點苦笑，不過這份小小的衝動，在揚起嘴角之前就消滅了。達也面對的狀況很嚴苛。想到這裡就沒心情笑。

「這是直接的原因。我要暫時待在伊豆的別墅閉門反省。」

真夜說並非閉門反省，但達也實際上覺得果然是閉門反省。他也一併告知要搬到調布。

「這樣啊。會變遠耶。」

「並不是無法來回的距離。師父不介意的話，等到閉門反省完畢，希望能再度向您習武。」

「我當然不介意喔。」

八雲立刻回答，接著伸手抵著下巴，輕輕「嗯」了一聲。

「不提這個，達也，你擔心深雪吧？伊豆與調布，雖說以你的能耐，這種距離算不了什麼，但也不是能在瞬間移動的距離。」

「說不擔心是騙人的，但是不能連深雪都請假不上學。」

「四葉家應該會加派護衛，但是更勝於你的高手沒那麼好找。解決應該還要好一段時間……我也派眼線幫忙吧。」

「師父願意協助，我就像是吃了一顆定心丸……但您為什麼協助到這種程度？」

達也不是八雲的徒弟。這是剛才提到的事。既然達也和八雲之間沒有師徒關係，那麼八雲和深雪的關係也僅止於認識。如果是以「很熟的朋友」為理由，達也並不是不能接受，卻忍不住詢問是否有其他原因。

但他立刻落入「早知道就不問了」的後悔。

聽到達也這麼問，八雲像是「我等你這麼問等很久了」揚起嘴角。

「因為我還不想死。」

「……請問這是什麼意思？」

「要是深雪發生什麼三長兩短，你就會毀滅世界吧？即使是我，也沒自信能在超越核爆的火焰撿回一條命喔。」

達也完全無法回嘴。只露出有苦難言的表情閉口不語。

如果深雪「再次」發生什麼三長兩短……

而且，如果「這次」沒能來得及……

對於從自己身邊搶走深雪的這個世界，達也沒自信不會採取任何行動。

◇ ◇ ◇

這天，達也沒出現在教室。

他有來上學。但是一大早就窩在圖書館，也沒吃午餐。放學時刻，為了和深雪會合，他總算走出圖書館。

達也的朋友也有所顧慮沒接近他。甚至艾莉卡也沒在達也與深雪踏上歸途的時候介入。兩人的身旁，只有隨侍在後方的水波。

第二天，狀況也沒變。

第三天也沒變。

「差不多不太妙了吧？」

星期四的放學後，校門關閉時間三十分前的咖啡廳。占據店內一角的集團出現這種聲音。

「你說不妙……是指達也？」

幹比古這麼問，艾莉卡投以「那還要說嗎？」的目光。

「出席天數沒問題吧？」

「嗯……校長好像親口告知免除出席義務。」

雷歐說完，結束學生會工作前來會合的穗香點頭回應。即使是她，也無法介入現在的達也與深雪之間。

「確實不太妙。」

「咦？雫同學，為什麼？」

雫的發言乍聽之下像是無視於對話方向，美月歪過腦袋。

「達也同學沒必要來學校了。」

雫的回答直截了當。沒有多餘的裝飾，所以更能清楚顯示當前的狀況。

美月睜大雙眼，雙手摀嘴。

件事。

穗香難受地看著下方。

「……所以司波學長就這麼不能來上學了嗎？」

場中並非只有三年級學生。被泉美拉來參加而不太自在的香澄，刻意說出所有人都不提的這件事。

「但我認為狀況穩定就會回來。」

「就……就是說吧！」

雫的回應引得穗香大聲說。聽起來像是把這句話當成依賴。

「可是，這個狀況能改變什麼嗎？」

艾莉卡以感受得到不耐煩情緒的語氣扔出一把火。不，穗香表情變僵，所以這是冰塊。

「艾莉卡！用不著講這種話吧！」

幹比古反射性地大喊。音量沒大到被其他團體聽到，語氣卻粗魯到只能形容為「怒罵」。

「幹比古，你冷靜啦。」

對幹比古回話的不是艾莉卡，是雷歐。

「艾莉卡完全沒說錯。我不認為現狀只要過一兩個月就會好轉。」

「這種事我知道！不過，不用刻意說出來也沒關係吧！」

「因為美月或光井會受到打擊？我認為沒這個必要。」

「……你的意思是說，達也同學從這所學校走人也無所謂嗎？」

雷歐這番話是在為艾莉卡辯護。

然而和雷歐爭辯的是艾莉卡。

「並不是無所謂。不過達也就算離開學校，我們依然是達也的死黨吧？」

艾莉卡默默眨了眨眼。

穗香與美月也露出近似的表情。

「……你的這種個性，我真的心服口服。」

艾莉卡以愕然的語氣輕聲說。

「當個單純的笨蛋偶爾也是好事。」

「喂……這是在誇獎？還是在毀謗？」

雷歐瞇細雙眼瞪向艾莉卡。

「你覺得呢～～我只是實話實說。」

但艾莉卡當成事不關己，假惺惺地撇過頭去。

「這個臭婆娘……」

「暫停！雷歐，你也冷靜。」

雷歐開始散發危險氣息，這次是幹比古制止。

「西城學長的友情，我認為真的值得尊敬。」

艾莉卡、雷歐與幹比古之間形成類似三足鼎立的局面，泉美鑽過縫隙插嘴說。

「但我還是希望司波學長不要離開學校。」

香澄露出「咦？」的表情，被學長姊圍繞而縮起身體的詩奈露出「哎呀？」的表情，兩人看向泉美。

不過，這是她們太早下定論了。

「要是司波學長離開學校，深雪學姊肯定會難過……」

「哎，說得也是……」香澄輕聲說。

「對喔！那就沒問題了。」

「咦，什麼事？」

雫以輕敲手心般的氣勢這麼說，穗香詢問細節。

「要是達也同學退學，深雪也不會留在學校。」

雫的預測令泉美臉色蒼白。

「達也同學也肯定不容許深雪離開學校。」

不過，泉美的臉色立刻反轉。

「是的！如果為了深雪學姊……」

「那麼達也同學也不會離開學校喔。」

雫完成泉美的這段話。

「……可是這麼一來，不就非得想辦法解決這個狀況？」

在「可喜可賀」的氣息中，侍郎有所顧慮地發言。

桌邊氣氛立刻再度降溫。

詩奈投以「你在說什麼？」的嚴厲視線，侍郎縮起肩膀。

出乎意料的沉默時間經過不久，在尷尬氣氛更加惡化時，咖啡廳的螢幕突然切換成新聞。

「喂喂喂……真的假的？」

雷歐在新聞播到一半的時候低語。

留在咖啡廳的不只是雷歐他們這群人，卻沒人責備雷歐說話打擾到他人。

所有人恐怕都是相同的想法。

新聞是來自莫斯科的錄影轉播。

畫面上是新蘇聯學會的幹部，以及國家公認戰略級魔法師「十三使徒」之一——伊果・安德烈維齊・貝佐布拉佐夫本人。

新聞切換到訪問貝佐布拉佐夫的畫面。

『貝佐布拉佐夫博士，對於美國的「狄俄涅計畫」，請告訴我們您決定參加的動機。』

『如同剛才長官所說，我相信「金星環境地球化」具備了超越國際對立的意義。我們人類從一個多世紀之前，就害怕全球總人口達到極限。這將在不遠的未來導致人類出現毀滅性的對立，降低人類社會的活力。擴大人類的生存空間，應該是避免人類未來面臨毀滅的唯一解決之道。』

『所以博士積極參與以此為目標的本計畫？』

『因為魔法這種技術，與其用在人類之間的鬥爭，更應該用來開拓人類的未來。』

『要是計畫進入實際進行的階段，博士可能會離開我國，將活動據點轉移到美國，關於這方面，請問有得到政府的理解嗎？博士也是戰略級魔法師，要是長期離開本國，預料將出現國防上的擔憂……』

『愛好和平的我國政府允諾，即使會降低國防戰力，也會全面協助金星開發計畫。不過研究據點設在哪裡是很敏感的問題，以我的理解，現階段還沒確定。』

『意思是可能不將研究據點設在美國，而是設在我們新蘇聯嗎？』

『當然也有這個可能性。只是我個人認為很可能在中立國家，或是不受任何政治控制的場所設立新據點。』

『這是人類史上前所未有的浩瀚計畫。不只是根據地的場所，還得面對各種問題吧。但我們相信能以理性的力量解決。不只是已經表明參加計畫的威廉・馬克羅德先生或是馬克西米利安先生，以羅瑟先生為首的其他人，以及自稱托拉斯・西爾弗的日本少年，都請務必參加本計畫。然後同心協力為了人類的未來克服各種困難。』

『貝佐布拉佐夫博士，謝謝您接受訪問。』

目不轉睛注視錄影內容的學生們，視線從螢幕移開。

「……『愛好和平的我國政府』是怎樣？胡說八道。」

艾莉卡惡狠狠地這麼說。她這句話是基於五年前的佐渡侵略事件。在大亞聯盟侵略沖繩的同一時期偷襲佐渡，被以一条家為中心組成的義勇軍擊退的這個武裝勢力，現在公認是新蘇聯的部隊所組成。

新蘇聯還沒承認這是他們的犯行。但是幾乎沒有日本人認為新蘇聯是清白的。只要想到那個事件，艾莉卡對於「愛好和平的我國政府」這句話的反應絕對不奇怪。

「和新蘇聯政府以往的惡行無關，我們不得不承認貝佐布拉佐夫博士的發言具備一定的說服力。」

幹比古也不認為艾莉卡是錯的。但他提醒艾莉卡，必須把現在發生的問題與過去的事件分開來看。

「戰略級魔法師離開本國，進行非軍事活動……還真是豁出去啊。」

「正因如此，所以如吉田學長所說，新蘇聯認真想將魔法用於和平領域的『立場』具備說服力。」

聽完香澄的感想，泉美稍微酸了一下。

「這應該是表面上的立場吧，不過……」

雷歐一邊苦笑一邊開口。但他立刻收起笑容皺眉。

「新蘇聯的貝佐布拉佐夫參加美國的計畫，這是事實。我不知道他多麼認真參加，不過新蘇聯對於美國來說是敵國。既然他說要協助，姑且屬於同盟國的日本不就難以拒絕了？」

「……確實。」

「魔法協會應該會希望『托拉斯．西爾弗』表明願意參加吧。自發性的參加。」

雷歐加入幹比古推測的這番指摘，雫簡短附和。

「達也同學沒事嗎……」

穗香以凝重的語氣輕聲說。

腦中沒把達也和托拉斯．西爾弗劃上等號的詩奈與侍郎這對一年級搭檔，聽不懂穗香這句低語的意思，頭上冒出問號轉頭相視。

◇　◇　◇

帶著深雪與水波，比朋友們早一步放學的達也，在返家之後觀看自動錄影的新聞。

「這真的是『十三使徒』的貝佐布拉佐夫本人嗎？」

看完新聞，深雪首先說出的是這個疑問。戰略級魔法師都會隱藏身分。這是為了迴避暗殺或咒殺。光明正大上電視的戰略級魔法師，是違反深雪常識的存在。

「可能是替身。」

對於貝佐布拉佐夫在「這個狀況」出現在媒體鏡頭前，達也不覺得很突兀。但他也不是全盤相信新蘇聯發出的報導。

「但他是本人還是冒牌貨，在這個時候應該不是太大的問題。」

「請問這是什麼意思？」

達也和發問的深雪四目相對，接著視線再度回到畫面，從頭播放貝佐布拉佐夫的專訪。

「重點在於新蘇聯表態協助ＵＳＮＡ計畫的這個事實。」

達也目不轉睛注視專訪字幕，以像是說給自己聽的語氣繼續回答。

「大亞聯盟或印度、波斯聯邦都是強國，但世界政治的主軸還是美俄對立。世界連續戰爭之後，蘇聯取回昔日勢力，ＵＳＮＡ國力更是增強，現代的國際社會以兩國的競爭為中心運轉。」

「是的。這種程度我懂。」

基本的國際構造，是國中的課程內容。深雪的優等生程度，在通識方面也無懈可擊。

「這樣的新蘇聯，將『狄俄涅計畫』視為國際社會勢力競爭的例外。新蘇聯對於該計畫是否有實際上的貢獻，現階段沒什麼關係。既然ＵＳＮＡ的敵國新蘇聯表態協助，ＵＳＮＡ的友好國就不能無視於『狄俄涅計畫』。」

達也得出的結論，和雷歐或幹比古的結論相同。

「……說不定，新蘇聯和ＵＳＮＡ在這件事相互勾結。」

不過，達也由此補充了更進一步的推測，與其說是智慧的差異，或許更像是性格上的問題。

「ＵＳＮＡ和新蘇聯合作的目的是什麼？」

深雪微微歪過腦袋詢問。她沒對達也的推測本身做出否定的反應。如果將常識與達也的意見放在天秤兩端，後者在深雪的心目中明顯比較重。

「說到一般兵力，美俄的質與量遠勝他國。大亞聯盟某段時期的氣勢差點追上，卻還沒從前年秋季受到的損害重新振作。」

雖然講得置身事外，不過重創大亞聯盟艦隊的就是達也本人。

「魔法是因人而異的力量，但通常戰力是以政治力與經濟力撐腰的國家之力。在實質上禁用核武的現狀，經濟力扮演的角色愈加重要。包括日本在內，經濟規模小的國家，無法以一般兵力對抗美俄兩國。」

「……但我認為日本的經濟規模沒那麼小啊？」

「『分配在軍備』的經濟力遠遠比不上美俄。」

深雪不禁脫口而出的反駁，被達也委婉否定。

「小國依賴魔法這個要素勉強不被大國吞併，這個世界才得以維持現在的形勢。如今要是沒有魔法這個武器，小國將處於無法對抗大國的狀態。基於這層意義，將魔法運用在軍事的做法不能一概否定……」

達也立志將魔法運用在非軍事領域。他的目的是讓魔法師從「軍事系統的元件」這項職責解脫。承認魔法武器具備意義，對於達也來說是難以接受的認知。

「……換句話說，美俄的目的是將強力的魔法師聚集到這項計畫，剝奪他國的魔法戰力？」

雖然還不完全，但深雪大概是理解了達也內心的糾葛。她無視於達也說出的最後那句話，如此詢問。

「——這麼想就說得通了。」

達也只回答這一句，就逐漸沉入自己的思緒。

和深雪的這段問答，使他察覺自己的計畫有缺點。這是至今沒注意到的問題。

讓魔法師擺脫人類武器的宿命。這個基本概念沒錯。將魔法師當成武器利用殆盡的現實，絕對不應該受到肯定。

不過，推動魔法運用在經濟層面，如果導致軍事現場缺乏高階魔法師……如果「魔法」這個廉價又強力的武器消失……

小國不就再也無法對抗大國了？

大國併吞小國，世界被少數大國分割統治的時候……

全世界將再度上演無窮無盡的地域紛爭。達也只想像得到這樣的未來。

（還是需要遏阻力嗎……？）

自己手中握有究極的大規模毀滅性武器。

無論未來怎麼演變，自己都免不了背負惡名吧。

達也或許就是在這一天，在這一晚，做出這樣的覺悟。

◇ ◇ ◇

橫跨大西洋，以梯隊Ⅲ的副系統保護的極機密通訊會談，是在日本時間的深夜舉行。

『馬克羅德勛爵，好久不見。上次像這樣交談大概是五年前了吧？』

視訊電話的螢幕上貝佐布拉佐夫首先打開話匣子。

『說得也是。好久不見，貝佐布拉佐夫博士。不過這方面我應該說過，我不是「勛爵」喔。

我獲得的只不過是騎士的勳位。』

對於貝佐布拉佐夫的問候，馬克羅德計較這種一點都不重要的細節，不知道是他行事正經，還是性格頑固，抑或只是開個笨拙的玩笑。

『威廉先生，不需要講得這麼拘謹吧？這不是正式會談，所以稱呼您「馬克羅德勛爵」也沒關係吧？』

克拉克似乎當成不好笑的玩笑話。他像是稍微勸誡般對馬克羅德這麼說。並不是真的責備馬克羅德，是貼心避免惹得貝佐布拉佐夫不高興，搞砸這次難得的會談。

貝佐布拉佐夫對克拉克的這份顧慮起反應。

『貝佐布拉佐夫博士，感謝您這麼貼心。我們是第一次像這樣交談吧？』

『說得也是。貝佐布拉佐夫博士，初次見面，我是艾德華．克拉克。』

三人的問候到此為止。

『事不宜遲，請教克拉克博士，您說「Great Bomb」的戰略級魔法師是托拉斯．西爾弗，托拉斯．西爾弗的真實身分是日本高中生，這是真的嗎？』

貝佐布拉佐夫以有點性急的語氣詢問艾德華．克拉克。

『是真的。「Great Bomb」在日本那邊的正式名稱是「質量爆散」。據說是將質量直接轉換成能量的魔法。』

『直接轉換……？』

『真令人感興趣。不過，現在在這裡討論這個系統也沒意義吧。』

貝佐布拉佐夫展現強烈的好奇心，馬克羅德委婉牽制。

『……說得也是。沒有資料，討論再多假設也沒意義。』

貝佐布拉佐夫接受馬克羅德的制止，頗為乾脆地罷休。

『推測「質量爆散」和博士的「水霧炸彈」一樣，是基於偵查衛星的資料，將地球表面全部收為目標區域。』

『這將是連根破壞全球軍事平衡的威脅。』

克拉克說完，馬克羅德點頭回應。

貝佐布拉佐夫無視於克拉克「我也知道水霧炸彈的機制」這個暗示。

『「質量爆散」的有效距離不得而知。但是，終究無法從木星軌道傳到地球吧。』

『克拉克博士的計畫，是要將托拉斯．西爾弗驅逐到木星環嗎？』

『是的，正是如此。』

對於貝佐布拉佐夫的詢問，克拉克以賣關子的態度點頭回應。

『狄俄涅計畫裡的木衛三工作站，是配合托拉斯．西爾弗的實績設計的。就讓他在木衛三把生涯奉獻給人類的未來吧。』

『克拉克博士。時候差不多了，可以請您揭曉托拉斯．西爾弗的真實身分嗎？』

『我會在直接見到兩位的時候告知。』

『……好吧。我期待這天的到來。』

『要在哪裡進行會談？』

此時，馬克羅德如此詢問克拉克。

『預定在大西洋公海上進行。這樣彼此都不會受限，我認為比較好。』

『三國各自派船會合嗎？』

貝佐布拉佐夫詢問克拉克。

『已經派遣企業號前往預定海域。想請兩位也搭機赴約……』

『企業號嗎……』

貝佐布拉佐夫深感興趣地低語。

企業號是繼承ＵＳＮＡ傳統艦名的新空母。雖然沒搭載核子動力機構，但據稱實現了匹敵核子動力的輸出馬力與續航時間，該系統之謎備受世界注目。

『知道了。就從空中打擾吧。』

『我也這麼做吧。』

繼貝佐布拉佐夫之後，馬克羅德也點頭回應。

『謝謝兩位。那我再提兩、三個細部的注意事項……』

在克拉克的主導之下，電話會談又持續了約三十分鐘。

◇◇◇

四月的墨西哥叛亂事件結束之後，ＵＳＮＡ境內發生數次小規模的暴動，但是沒演變到非得出兵鎮壓的事態。對日本的諜報工作規模持續縮小，但是除此之外，國外也沒有其他正在實行的作戰，ＵＳＮＡ軍統合參謀總部直屬魔法師部隊STARS過著訓練的每一天。

這天也預定整天進行訓練，不過上午演習結束，莉娜正要前往餐廳時，基地司令的傳令叫住她，帶她前往司令官室。

「希利鄔斯少校前來報到。」

莉娜就這麼維持「安吉・希利鄔斯」的偽裝，向房間的主人保羅・渥卡敬禮。莉娜是STARS的總隊長，不過這個基地地位最高的是基地司令渥卡。渥卡是STARS——戰鬥魔法師的監視者。

「希利鄔斯少校，接下來告知參謀總部的指令。」

「是！」

莉娜放下手，擺出立正不動的姿勢。

「搭機前往華盛頓D.C.，和艾德華・克拉克博士會合，然後擔任博士的護衛，陪同前往大西洋上的企業號。」
「遵命。」
「在企業號上，預定舉行一場關於『狄俄涅計畫』的重要會談。會談對象是威廉．馬克羅德與『Igniter』貝佐布拉佐夫。」
莉娜臉上露出驚訝與理解的神色。
即使是在公海，但是別國的國家公認戰略級魔法師來到己軍船艦，實在是難以置信。不過既然會談對象是「十三使徒」，同為「十三使徒」之一的莉娜為了維持平衡而出席，也是令人能夠接受的安排。
「我想應該不用強調，不過這場會談到結束之前都是機密。」
「上校閣下，下官明白。」
聽到渥卡的叮嚀，忘記附和的莉娜連忙回應。

◇　◇　◇

除了美國、英國、新蘇聯的動向，日本國內也匆忙採取某些行動。
說來遺憾，這不是自發性的行動，是被國外傳來的情報弄得暈頭轉向。

日本魔法協會的會長，照慣例由百家的含數家系擔任。每年六月以選舉方式改選，新會長於七月就任。雖然沒有連任限制，但是接這個職位也沒什麼好處，所以沒有擔任三年以上的例子。

現任會長是去年七月就任的十三束翡翠。第一高中三年級十三束鋼的生母。她的丈夫並沒有過世，十三束家也不是母系家庭。

魔法協會的會長必須常駐於京都總部。反觀十三束家的根據地在東京灣東岸區域。因此家裡的事業歸丈夫，魔法協會的工作歸妻子，兩人以這種方式分擔工作。

十三束翡翠在去年六月，抱持「反正就像是輪流接任那樣」的輕鬆心態接下會長一職，所以她現在抱著頭詛咒去年的自己。

星期日，美國的艾德華‧克拉克發表「狄俄涅計畫」的時候，還沒有那麼迫在眉睫的感覺。因為她預測即使是USNA，也很難從國外邀請魔法科學家參加，要借用別國的「十三使徒」更不用說，她自認美國絕對做不到這種事。不只是十三束翡翠，魔法協會所有成員都這麼認為。

然而在昨天，偏偏是USNA最大競爭國——新蘇聯的「十三使徒」貝佐布拉佐夫表明參加該計畫。因此事態變得刻不容緩。

魔法原本就要利用在和平方向，開拓人類的未來。這個宗旨無從批判。反魔法主義者能夠獲得眾人支持，某方面來說就是基於「魔法是殺傷非魔法師族群的危險武器」這個訴求。

將魔法利用在和平方向，而且不是滅火或防洪這種「渺小」的貢獻，是為人類未來帶來繁榮的大事業。這樣的吹擂是對於反魔法主義者最有效的反擊。

該計畫不必實現，也不必成功。光是「正在推動這種事業」的事實，就足以拿來駁斥反魔法主義運動，魔法師將能脫離現在的困境。

看到對立的兩大國家為了這項計畫攜手合作，「好歹」屬於同盟國的日本不可能拒絕參加，甚至不可能保留答覆。非得盡快交出使用「托拉斯．西爾弗」這個假名的高中生。

老實說，翡翠早就知道托拉斯．西爾弗的真實身分。USNA的大使館員親手交給她的復古封蠟信函已經寫明。

翡翠抬起雙手所抱的頭。光是嘆息無法解決任何問題。協助一肩扛起麻煩事的如意英雄不存在。她的身分沒有大牌到可以沉浸在悲劇女主角的心情當中。

她決定動用前任日本魔法協會會長沒使用的特殊權限。

就是召開師族會議。

翡翠使用專用線路，號召十師族各當家舉行線上會議。

或許，十師族的當家們也預測到魔法協會將召開會議。

召集一小時後，翡翠正在看的線上會議螢幕上，一条、二木、三矢、四葉、五輪、六塚、七草、七寶、八代、十文字等各當家都到齊了。

『四葉閣下，上次那件事受您照顧了。』

『一条閣下，身體狀況沒問題了嗎？』

『託您的福，完全康復了。』

『那就好。所以會長，這次召集我們，究竟是要處理什麼問題？』

一条剛毅與真夜突然無視於翡翠聊起來，二木舞衣一邊附和兩人，一邊將眾人的注意力引導到被忽略的翡翠那裡。

多虧舞衣，出師不利的翡翠勉強重整態勢。

「……各位，謝謝你們百忙之中這麼迅速齊聚與會。」

『因為是緊急召集的關係。究竟是什麼樣的「緊急事態」，方便立刻告訴我們嗎？』

七草弘一以挖苦的語氣與冰冷的聲音催促說。

這份壓力讓翡翠差點哭出來。她絕對不是軟弱的女性，卻不習慣待在刀劍互砍的戰場，屬於多花時間好好準備再進行協商的類型。

「是的。各位或許已經猜到，是關於ＵＳＮＡ號召的金星開發計畫。」

翡翠靠著身為會長的責任感，好不容易撐下來，進入正題。

「昨天，新蘇聯表明參加該計畫，逼得日本魔法協會也必須盡快應對。」

『為什麼協會要應對？記得艾德華・克拉克是號召以個人身分參加吧？』

七寶拓巳以學者語氣指摘。

『表面上是這樣，但是日本人有一人被指名了。』

八代雷藏帶點苦笑回應。

『那是美國人擅自點名的，我們沒義務照做。』

六塚溫子以不悅的表情與聲音不屑地說。

「但是，這可不行。」

翡翠提心吊膽地發言。

正如預料，螢幕映出瞪向她的臉。而且不只是溫子一人。

翡翠豁出去了，應該說以自暴自棄的心態說下去。

「現在魔法師無來由地被抨擊為和平的敵人。這是反魔法主義者的幼稚宣傳，不過接連動用的戰略級魔法與戰術級魔法，為這個宣傳增添說服力。」

桌上螢幕裡，當家們的視線動了。畫面尺寸不大所以看不太出來，但視線集中在真夜那裡。

「為這個宣傳增添說服力的戰術級魔法」就是達也研發的「動態空中機雷」。大家不用多說都知道這件事。

「克拉克博士的『狄俄涅計畫』，是證明魔法能在軍事層面以外造福人類的上好材料。國際魔法協會總部，正準備表明全面支援『狄俄涅計畫』。聽說美國、英國、新蘇聯的協會也預定獨自向媒體發表聲明。在德國，聽說不只是羅瑟魔工所，是以企業聯盟的形式洽詢美國政府參與計畫。在這樣的動向中，日本不能落後。」

『我能理解會長焦急的想法，但是具體來說要怎麼做？找出托拉斯．西爾弗逼他參加嗎？』

五輪勇海以責備般的表情詢問。去年，他被迫將孱弱的女兒送上戰場，只因為女兒是「戰略級魔法師」。在那之後，他就抗拒這種為了面子而將重擔全塞給特定某人的做法。

「……其實，沒必要找出來了。」

像是只為了辯解而交出活人供品的這種做法，翡翠心裡也不好受。這份情感反而連結到「必須由我背黑鍋」這份奇怪的動力。

「四葉大人……托拉斯．西爾弗是令郎吧？」

鏡頭的另一側，真夜以「為什麼這麼認為？」的眼神詢問翡翠。

「我收到美國大使館的信函。考量到當事人未成年，『目前』不會公開姓名，不過相對的，館方希望這邊協助說服托拉斯．西爾弗，也就是司波達也先生。」

『這是冠冕堂皇的威脅。』

剛毅以厭惡的聲音低語。

顯露反感的不只是他。

『老實說，第一高中的百山校長也說過這件事。』

不過，立場最接近當事人的真夜，比任何人都泰然自若。

『我交給達也本人做決定。』

真夜從畫面中投以笑容。

翡翠和真夜幾乎是同輩，卻需要數秒克制聲音的顫抖。

「……意思是四葉大人沒要協助說服？」

『因為這攸關他自己的一輩子。』

真夜以親切的聲音，做出這個冷淡的回覆。

『如果只是要討論這件事，我想就此告辭，方便嗎？』

而且表態拒絕繼續問答。

「……謝謝您在百忙之中與會。」

『那我就此告辭。』

真夜的臉龐從螢幕消失。

『也容我告退。』

『那麼我也……』

就像是搭真夜的便車，六塚溫子、八代雷藏退出線上會議。

反過來說，十名當家有七人留在會議裡。

『這確實可能是一輩子的問題，但還是希望她考慮一下對於日本魔法界的責任。』

七草弘一以一副無可奈何的語氣，說出像是自言自語也像是發牢騷的這番話。

『您的意思是說，現在不是詢問當事人意願的場合？』

對於這番話，七寶拓巳如此反問。

『既然是十師族的魔法師，某種程度的滅私奉公也是在所難免吧？五輪閣下的女兒即使身體上有缺陷，去年秋天依然接受國防軍的邀請參戰。五輪閣下，當時令嬡也不是自願出征吧？』

『話是這麼說沒錯……』

以這種方式詢問，對方很難給予否定的回應。五輪勇海也只能含糊帶過。

『不過，四葉家的兒子被外國主導的行星開發計畫搶走，不會成為國防上的一大損失嗎？』

「我不知道司波達也先生能使用何種程度的魔法，不過將魔法師直接連結到軍事力的思考模式，我認為正是將我們逼入困境的主因。現在不只是日本魔法界，壓迫全球魔法師的最大威脅，不就是以人類主義為首的反魔法主義運動嗎？既然這樣，應付這個局面想必是最優先的課題。」

剛毅提出的疑問，由翡翠回答。

『雖然不是好事，不過請司波達也先生前往美國，或許是最佳做法。』

二木舞衣隨著嘆息低語。

沒人發言反對。

『不過有個現實的問題，要由誰來說服司波達也先生？從剛才的感覺，無法期待四葉閣下的協助。』

相對的，三矢元提出這個難題，連弘一也不得不陷入沉重的沉默。

「十文字大人……和司波達也先生私交甚篤吧？」

翡翠的發言是迫不得已。這個問題並不是單純以學長學弟的關係，就能扭轉對方的意願。而且如果是私下的來往，翡翠的兒子十三束鋼也就讀第一高中同年級，而且還同班。比起去年春天畢業的克人，關係更為親近。

『……我不知道司波達也先生會不會聽我的話，但我找他談談吧。』

不過，克人接下這個難題。

『……可以嗎？』

『總之，我試著找他談談。沒辦法保證結果。』

克人如此回答弘一的問題。

克人是以何種想法答應找達也交涉？連弘一也看不出他真正的意圖。

〔5〕

「還是……有點寂寞耶。」

走出普通獨棟住宅的小小外門，深雪轉身低語。

「房子沒賣掉。隨時都能回來的。」

達也安慰完，深雪回應「說得也是」點了點頭。

「達也大人、深雪大人，方便的話，屬下想出發了。」

某人客氣地從兩人背後搭話。

達也轉過身來，視線前方站著身穿黑西裝加白手套的花菱兵庫。

「知道了。深雪、水波，走吧。」

達也朝兵庫點頭示意，向同行者搭話。令人依序回應「是」、「遵命」，跟在達也身後。

今天是搬家日。從名義上在父親名下的自家，搬到調布的四葉家東京總部大樓。這是為了強化深雪的保護網。

家門前停著一輛大型轎車。必要的行李已經搬出來了。新家的家具已經備齊，所以雖說是行李，也只有衣服、一些小東西，還有課業用的小型終端裝置。

此外，地下研究室的資料也悉數「移動」到東京總部大樓的地下研究設施完畢。不是複製，是移動。現在的私人研究室預定在數天後完全作廢。

深雪與達也依序坐進後座，水波坐副駕駛座。雖然比不上禮車，但座位空間很寬敞，即使是後座也不會覺得擠。

確認所有人上車之後，兵庫坐進駕駛座。轎車緩緩起步。府中到調布。這麼近的距離，開車與搭電車的抵達時間差不多。考量到步行到車站的時間，反倒是開車快一點。

兵庫的駕駛技術精湛。車輛本身的性能也是原因，但幾乎感覺不到晃動或慣性。在短暫舒適的這段車旅，達也與深雪都沒說話。水波沉默寡言是一如往常。兵庫也識相沒搭話。

車輛停在大樓的地下停車場。常見類型的停車場深處，設置一座附自動檢驗裝置的車庫，以內藏自動停車導航發訊器的白線分界。

「請往這裡。」

兵庫帶領眾人搭電梯。這座電梯從今天起直達深雪住的房間，除了達也與深雪，必須有鑰匙才能使用。

「為了以防萬一，也可以通往其他樓層。」

兵庫以略為保守的笑容如此補充。雖然通往其他樓層，但只能在一樓、地下、樓頂與房間前面搭乘的樣子。樓頂是前幾天使用過的停機坪。

帶領抵達的房間，即使形容得保守一點也很豪華。就算這麼說，卻也不是花俏奪目，是高雅又洗鍊。深雪也是一眼就喜歡上了。

「達也大人，您今天能在這裡過夜嗎？」

兵庫詢問達也。「在自家過夜」這種說法聽起來怪怪的，但謎底立刻揭曉。

「不，只要準備完成，我就去別墅。」

深雪從今天起住在這裡。水波也以貼身侍女兼守護者的身分同居。

但達也遵照真夜的吩咐，要搬到伊豆的別墅。

這裡「還」不是達也的居所。

深雪離開前一個家的時候說過「寂寞」，與其說是因為離開住慣的家，主要原因是必須暫時和達也分居兩地。

「屬下明白了。那麼，請休息兩小時左右吧。」

兵庫恭敬行禮，離開房間。

達也催促深雪，坐在客廳的沙發。

其實，前往伊豆的準備工作已經完成。

兩小時的緩衝時間，是兵庫貼心提供的。

達也與深雪都隱約察覺這一點。

前往伊豆的旅程，準備了之前那架小型ＶＴＯＬ。

飛行時間約三十分鐘。飛得這麼慢，原因在於天空飛機多。不久的將來，「空路壅塞」這個笑話或許會成真。

別墅正如預料位於深山。伊豆有一座以戰前高爾夫球場改造的前防空陣地，但別墅也遠離該處，是不會受到任何打擾的「幽靜」環境，完全符合要求的條件。

「家母……更正，繼母在這麼不方便的地方療養？」

達也不禁向兵庫提出這個內心浮現的疑問。他將深夜改稱為「繼母」，是因為真夜現在是達也真正的母親。

「就屬下所知，深夜大人最需要的是幽靜的環境。」

達也正確理解到兵庫這個抽象回答的意思。他的意思是說，人群散發的雜亂想子雜訊會成為負擔。達也重新體認到深夜一直為了他們而勉強自己——至於是為了他還是為了深雪，那就不得而知了。

在兵庫的帶領下，達也進入別墅。內部已經整理妥當，在這裡生活完全不成問題。研究室也比位於府中的自家還要完善。

「需要任何東西，請隨時打電話吩咐。屬下會立刻送達。此外，『解放裝甲』與『無翼』放在這裡，請自由使用。」

「解放裝甲」是偽裝成普通騎士服的飛行戰鬥服，「無翼」是和「解放裝甲」搭配的裝甲機車。不只是在遭受武裝勢力襲擊的場合，前往市區的時候也很方便吧。

「謝謝。」

「不敢當。那麼，請自便。」

「辛苦了。」

「那麼，屬下告辭。」

兵庫坐進VTOL。

達也在獨自一人的屋內，聆聽螺旋槳的旋轉聲。

◇◇◇

USNA的大型航空母艦企業號，停泊在紐芬蘭島西方五百公里處的大西洋公海上。兩千英尺級，全長約六百公尺。比起大戰前的核動力大型空母近兩倍的龐大身軀，並非使用核能反應爐驅動，這項技術受到全世界的注目。

這艘空母自從四年前初航，就被懷疑是否暗藏核能反應爐。不過該空母某次航行時，國際魔法協會在極近距離調查的結果證明屬實。國際魔法協會在設立過程中，確立了檢測核分裂反應的技術，誇稱具備絕對的公信力。該協會沒發現空母利用核能的痕跡。

要進一步調查就非得登艦，但是ＵＳＮＡ不可能答應讓外人進入服役中的軍用艦艇檢查。到最後，企業號的輪機構造直到今天依然成謎。

一架小型運輸機試著降落在這艘巨大空母。是以四架戰機護衛的高速運輸機。看起來沒有ＶＴＯＬ或ＳＶＴＯＬ那種垂直降落功能。

（貝佐布拉佐夫就在那架飛機上……）

身穿STARS的禮服，取下「面具」，以金色雙眸仰望運輸機接近的莉娜，在心中呢喃。

新蘇聯的十三使徒——伊果．安德烈維齊．貝佐布拉佐夫。擁有「Igniter」這個別名，戰略級魔法「水霧炸彈」的使用者。

在前幾天的專訪亮相之前，他的外表是新蘇聯的軍事機密，但ＵＳＮＡ早已查明。至於貝佐布拉佐夫的所在位置，雖然沒能隨時，卻也大致能夠掌握。

他是新蘇聯學會的成員，也是新蘇聯頂尖的現代魔法學權威。要徹底隱藏外表與所在位置，原本就是不可能的任務。

不過，貝佐布拉佐夫的戰略級魔法「水霧炸彈」的真面目，至今尚未判明。不只魔法系統，連效果也不得而知。現在知道的只有「水霧炸彈」這個名稱，該魔法會對非常大的範圍造成爆發性的損害，還有八年前隔著白令海峽爆發的美俄武力衝突，該魔法埋葬了前任天狼星。

STARS和這名魔法師有著這段過節，也是莉娜自稱世界最強之前非得超越的對象。不過如果貝佐布拉佐夫真的參加「狄俄涅計畫」，這個機會應該再也不會來臨吧。

小型運輸機進入降落程序。降落空母的步驟，本質上從一百五十年前就沒有進步。沒有垂直降落功能的機種，必須搭配斜向飛行甲板、降落攔阻索與攔阻鉤，一邊確保再度降落的餘地，一邊鉤住攔阻索強制減速。

即使船艦全長拉長到六百公尺，也不到只靠反推力器就能確實停止的程度。雖然起飛用的技術大幅進步，降落用的技術卻僅止於減少攔阻索減速造成的衝擊。

（……沒放下攔阻鉤？）

莉娜覺得靠近的運輸機不對勁，立刻發現原因。

察覺的不只是莉娜。一陣騷動在甲板上擴散。

「引擎馬力壓得太低了！」

「那樣會墜機……！」

空母的人員們大聲說。

為了防止意外，莉娜操作ＣＡＤ。

下一瞬間，想子光籠罩運輸機。

魔法發動對象所產生的，剩餘想子的非物理光。

莉娜的魔法還沒發動。

（那個魔法……來自機內？）

莉娜察覺到，作用在運輸機的魔法是從機內施展。

運輸機的起落架接觸甲板。

小型噴射機以匪夷所思的減速度平順減速。

（慣性控制與加速度控制。居然那麼自然地減速……）

一般從著地開始要滑行一千公尺，卻縮短一百公尺降落成功。減速過程毫無勉強之處。

（那麼精細的控制是怎麼做到的……）

企業號以堪稱超大型的體積引以為傲，卻也不是完全不會晃動。而且還有風。至少我無法按照那種方式停下飛機……莉娜如此心想。

（那就是「Igniter」貝佐布拉佐夫……實力超乎我的預料。）

莉娜深信剛才的魔法出自貝佐布拉佐夫之手。

貝佐布拉佐夫抵達沒多久，馬克羅德搭乘的運輸機也降落了。接著三人立刻開始會談。

位於這個房間的是艾德華・克拉克、伊果・安德烈維齊・貝佐布拉佐夫、威廉・馬克羅德，還有變身為安吉・希利鄔斯的莉娜共四人。莉娜站在克拉克的身後，因為只有他是無法使用魔法的「普通人」。

貝佐布拉佐夫與馬克羅德是戰略級魔法師。

克拉克的護衛還是由戰略級魔法師隨行擔任比較好，馬克羅德以這個理由提議安吉・希利鄔斯參與會議。

「克拉克博士。依照我們先前的約定，請您告訴我吧。日本戰略級魔法師托拉斯・西爾弗的真實身分是誰？」

會議剛開始，貝佐布拉佐夫劈頭就如此詢問克拉克。

莉娜身體一顫。

現在的「安吉・希利鄔斯」是拿下面具的狀態。所以另外三人也知道她極度驚訝。

「克拉克博士，您對自己人也要隱瞞情報？」

馬克羅德的語氣有點傻眼。安吉出乎意料的反應，似乎也讓貝佐布拉佐夫的氣勢打折。

不過，這並不影響事態的方向性。

「查明真實身分是最近的事。」

克拉克先插入這個假惺惺的謊言。

「托拉斯．西爾弗的真實姓名是司波達也。那個『四葉』的直系。」

接著說出決定性的話語。

決定今後行動計畫的概要之後，會議沒發生什麼衝突就結束。

會議順利結束，所以莉娜的任務也完畢。在回程飛機起飛之前閒著沒事的她，獲得艦長的許可，在企業號內部徘徊。

名義是「參觀」，但她的意識被不在這裡的某人囚禁。

（達也他是……「灼熱萬聖節」的戰略級魔法師？）

在那之後，克拉克、貝佐布拉佐夫和馬克羅德之間討論了哪些內容，莉娜並不記得。不是忘記，是從一開始就沒記下來。

不過對話的片段留在腦海。或許應該說這個震撼的情報令她跟不上話題比較妥當。

去年十月，焚燒朝鮮半島南端的戰略級魔法名為「質量爆散」。

使用該魔法的是「司波達也」。

讓飛行魔法進入實用階段的天才魔法工學技師「托拉斯．西爾弗」的真實身分也是「司波達也」。

（確實！一開始是這麼假設的！）

去年一月，莉娜之所以潛入日本，是為了查出引發「灼熱萬聖節」之戰略級魔法師「Great Bomber」的真實身分，並且進行處置。達也是她受命要注意的「Great Bomber」可能人選。所以USNA軍方情報部的調查與推理是對的。

（可是！達也的舉止看起來沒那種感覺……）

（達也的魔法是更不一樣的類型……）

莉娜如此心想，另一方面，內心也有另一個自己冷靜反駁她。

——看起來沒那種感覺？那是當然的。只是對方技高一籌罷了。

——達也的魔法是不一樣的類型？他不可能輕易展露戰略級魔法。

——我甚至不知道他是四葉的直系。

——我被達也騙了。

（……沒錯。我被達也騙了。）

即使內心如此低語，也神奇地沒冒出不甘心的感覺。

只不過，莉娜覺得各種事情得到了解釋。

自己對達也感受到的同理心。

達也對她的憐憫。

那肯定是──

（──對於囚禁在武器宿命的同類感受到的共鳴。）

莉娜搖搖頭，試著將無止盡墜落的負面想法趕出腦海。

「啊……」

在她這麼做的時候，意識終於追上現實。

（糟……糟糕，這裡是禁止進入的區域──）

心不在焉也要有個限度。莉娜如此自責。

為什麼沒阻止我？她將責任轉嫁給保全人員。

總之，得離開這個區域才行。莉娜身為STARS總隊長，擁有接觸絕大多數機密的權限。不過擁有權限與實際行使權限是兩回事。指定為機密是基於相應的理由，接觸自己不該主動得知的祕密只算是自殺行為。莉娜以慌張的腦袋如此心想。

然而，為時已晚。

（這個想子波……是什麼……）

莉娜皺起眉頭，甚至忘記自己原本慌張想離開這裡。

直到進入這個區域，她都沒感應到這種想子波。大概是牆壁嵌入感應石的電網造成想子波衰減吧。

一瞬間，莉娜懷疑這是用來隱藏核能反應爐的措施，卻立刻察覺自己誤會了。感應石會將想子波轉換為電流訊號，附屬效果是讓想子波衰減，無法觀測到完整的波形。但是感應石沒有吸收或阻絕輻射的功能。

（魔法？不過，這是……）

使用違禁核能反應爐的疑惑消除之後，新的質疑浮現在她的意識。

魔法是個人使用的。原則上不會由複數魔法師合力發動單一魔法。具備這種能力的魔法師偶爾會誕生，不過在這種場合，能夠合作的人數頂多也是兩人或三人。

然而，莉娜現在感覺到的想子波……

（……至少十人以上。或許將近二十人……）

這麼多的魔法師，被「投入」運用在單一魔法。

（怎麼回事？從魔法師身上強制抽取魔法，應該是軍法禁止的行為才對。）

莉娜和布里歐奈克的開發者有私交，曾經聽對方提到在大戰時期的人體實驗，曾經將複數魔法師強制連結起來實行大規模魔法。當時美軍和日軍的同盟國關係比現在還要密切，兩國的共同實驗在最後判定失敗，資料應該已經全數作廢。

認定失敗的原因，在於成為實驗體的魔法師自我意識崩毀。接連出現無法自行思考，連維持自己生命運作的行為都無法好好完成的症狀。莉娜聽說原因在於精神的強制連結。所以集團魔法是不可觸犯的領域。

不只如此。雖然是莉娜的直覺，但這個魔法是將記載所有要素的啟動式交由魔法師讀取，強迫發動術式。無視於當事人意願，完全將魔法師當成魔法機械元件的這種技術，違反ＵＳＮＡ軍保障軍人人權的規則……

（……魔法本身很簡單，只是讓飛輪旋轉。）

（可是，長時間進行這種單純的工作會累積疲勞，反而困難……）

（聚集十人以上的魔法師，是因為飛輪質量大，旋轉速度也快。）

「難道……！」

莉娜不禁發出聲音。

（這是……發電系統？）

（這難道是企業號動力的祕密？）

莉娜雙手摀嘴以免繼續發出聲音，慌張環視兩側。

周圍沒有人影。

監視器似乎正常運作，不過隔著鏡頭看起來，應該只是誤闖禁止進入的區域而狼狽不已吧。

莉娜如此對自己解釋，快步沿著原路返回。

回程的運輸機，莉娜也和克拉克一起搭乘。

護衛任務在會議平安落幕的時候就完畢，但是返回本土時刻意準備兩架飛機也是白費力氣。所以一起回到華盛頓D.C.也在所難免。

「希利鄔斯少校，您辛苦了。」

「不敢當。」

聽到克拉克搭話，莉娜脫口以愛理不理的語氣回應。

莉娜現在不想和任何人交談。其實她想解除「扮裝行列」的偽裝，腦袋放空好好睡一覺。光是不讓語氣帶刺就沒有餘力。

克拉克大概是歷練較深，對於莉娜的態度似乎不以為意。

「我想不必再度向少校說明，關於托拉斯・西爾弗的真實身分請勿外傳。也不可以告訴渥卡上校或巴藍斯上校。」

克拉克不顧莉娜的心情，說出自己想說的事。

「……但是下官有義務報告。」

「沒關係的。少校您不會被責備。」

克拉克不是軍方的人。他的身分始終是USNA國家科學局的技術學者。並不是能夠介入軍方獎懲的立場。

莉娜不太高興，想要指摘這一點。

「若是得知托拉斯．西爾弗的真實身分是從少校口中洩漏，西爾弗或許會公開少校的真面目喔。」

不過，克拉克先講的這番話，麻痺了莉娜的舌頭。

「這件事，你為什麼……」

莉娜好不容易回以這個問題。

「讓少校接觸西爾弗，我認為是軍方嚴重失態。妳還年輕，難免產生移情作用吧。」

克拉克笑也不笑如此告知。他暗示自己比軍方更加掌握到莉娜當時在日本做了什麼事。

「不只是西爾弗的真實身分。關於企業號的真相，妳也沒必要報告。」

接著，他補上這句話要求莉娜三緘其口。

[6]

從星期一開始，達也就沒到第一高中露面。

「表面上還」只是一介高中生的動向，但是這個事實已經在各處激起漣漪擴散。

東京某處。在場所與名稱都沒曝光的會議室，負責國防陸軍情報部黑暗面的成員齊聚一堂。

「那個高中生好像開始獨居……」

「這是機會吧？和市區不同，投入大量人力也不會造成問題。」

「請等一下。」

急於行事的會中氣氛，有人出聲制止。

「犬飼課長，什麼事？」

潑冷水的人，是最將達也視為危險人物的犬飼課長，也是遠山司的直屬上司。

「這邊能投入充足的戰力，代表對方在這個環境也不必手下留情。貿然襲擊想必很危險。」

「所以這是陷阱？」

「不，話不是這麼說，但對方好歹是別名『不可侵犯之禁忌』的四葉一族。不能認為對方毫無準備。」

「我贊成。」

特務課的恩田課長，對這番話表達贊同之意。

「南總收容所部署充足的守備兵力，卻還是那種結果。雖說攻守互換，但我們應該避免『單獨』處理。」

「恩田課長，你心裡有幫手的人選嗎？」

「不是幫手，但是以結果來說，我認為可以利用。」

「是什麼樣的原委？」

犬飼課長以好奇心被激發的語氣，詢問恩田課長。

「十文字家的當家，最近好像要以魔法協會代理人的身分，拜訪隱居在伊豆的司波達也。」

恩田沒有誇耀勝利，面向犬飼公布自己掌握的情報。

「此行的詳細目的不得而知，但或許和那個計畫有關。」

恩田換個措詞方式，以推測的形式告訴集結在這裡的所有成員。他在這裡插入一個謊。他已經掌握到達也是托拉斯·西爾弗，克人此行是要說服達也參加計畫，卻沒將這些情報公開給同屬情報部的人。

「魔法協會好像對ＵＳＮＡ的計畫感興趣。該不會是要去說服四葉家也參加吧？」

比恩田年長的課長表達意見。除了恩田，這裡的大人們沒人把達也和托拉斯・西爾弗聯想在一起。

他們對達也的戰鬥力給予高度評價。因為他們親身體驗到達也的實力。他們不知道達也的智力與技術力，所以沒把高中生和一流魔工師聯想在一起。

「……原來如此。這是個機會。」

席上階級最高的副部長稍微確切地點頭。

「四葉不合作的態度，在上次的會議也很明顯。」

這裡所提到「上次的會議」，是四月舉行的十師族新生代會議。和現在的狀況無關。副部長的指摘與其說是推理更像是瞎猜，但是表面上的事實關係是正確的。

「司波達也和十文字當家的交涉很可能決裂。而且要是兩人交戰，十文字克人會贏。是這樣沒錯吧，犬飼課長？」

「是的。」

對於副部長的詢問，犬飼抱持自信點頭。

「遠山士官長——十山家是這麼判斷的。」

在二十八家之中，十山家從未坐上十師族的位子。

甚至沒被提名過。

但若不是從戰鬥魔法師，而是從軍用魔法師的角度來看，十山家匹敵四葉與十文字家。

國防陸軍情報部如此確信。

軍用魔法師的能耐不只是戰鬥。光是這樣無法勝任。戰力分析與戰術判斷也是必備能力。而且十山家是二十八家之中，唯一從出生時就在國防軍接受軍事訓練的含數家系。

「十文字家當家應該不會殺掉司波達也。但是敗給十文字克人的司波達也，肯定會失去抵抗能力。」

「而且，十文字家沒有和國防軍對立的意志。」

「是的。」

犬飼點頭回應副部長這句話。

「那麼，這邊也配合十文字家的行動來下棋吧。為了以防萬一，也讓遠山士官長出動。這次不是要她應付司波達也，是除掉四葉家配置的護衛。」

「知道了。」

犬飼的回應隱含些許躊躇。

「犬飼，不用擔心。四葉家對於司波達也的戰鬥力似乎抱持自信，那就不會派貴重的戰力擔任護衛。幹練的人員應該會集中在未婚妻那邊。」

副部長的視線移向恩田。

「屬下認為長官說得是。」

恩田朝副部長恭敬點頭。

◇◇◇

「打擾了……咦？」

放學後，詩奈一進入學生會室，就發出疑惑的聲音。

「詩奈，怎麼了？」

先來的泉美旋轉椅子，轉身詢問詩奈。

「啊，沒事，想說琵庫希怎麼了……」

如詩奈所說，總是在學生會室角落待命的琵庫希不見蹤影。

「那是達也大人的私人物品。」

從打掃箱（安裝在移動式打掃機上，收納整套打掃工具的箱子）取出抹布的水波，回答她的問題。

水波就這麼擦起桌子，詩奈沒說「由我來就好」。經過一個月的來往，詩奈很清楚水波甚至不會把這份工作讓給學妹。

「為了讓琵庫希照顧達也大人的日常生活，我讓她跟著走了。」

大概是從中途聽到水波說的吧。深雪從已經打開的門外現身，以這段說明代替問候。

「深雪學姊，您辛苦了！」

「會長，您辛苦了。那個，所以……」

泉美「一如往常」以亢奮的情緒反應，相對的，詩奈以有聽沒有懂的表情微微歪過腦袋。

「呀嗚！」

深雪還沒回答，突然有人從詩奈背後戳她肩膀，使她驚叫跳了起來。

「北……北山學姊……」

慌張轉身的詩奈，看見雫以責備般的眼神向她搖頭。

「詩奈學妹，關於達也的事，妳懂吧？」

穗香在雫的旁邊向詩奈低語。

詩奈因而隱約察覺隱情。

和達也分居兩地的星期日隔天。深雪一如往常上課，一如往常處理學生會的業務。

平常和達也沒有交流的一科生，肯定覺得深雪看起來一如往常。甚至連久違一起放學的朋友們，也看不出具體的差異。

「深雪，那個……沒事嗎？」

不過，還是能夠隱約察覺「不對勁」，代表這些朋友終究不是當假的吧。例如艾莉卡和深雪不同班，也沒參加學生會的活動，兩人共處的時間比單純的同班同學短得多。即使如此，艾莉卡還是找到突兀感，這應該不只是因為她觀察入微吧。

「嗯，我沒事。艾莉卡，謝謝妳。」

深雪知道艾莉卡是以朋友身分關心，所以也沒有冷漠否定。

而且深雪覺得，即使承認達也不在身邊很寂寞，也不是什麼丟臉的事。

對於自己來說，這是理所當然的。

自己是為了達也而存在的人，所以對於自己來說，達也的存在絕對不可或缺。

這群朋友應該早就知道這件事，深雪認為如今也沒什麼好隱瞞的。

「達也同學現在在哪裡？方便的話……」

「嗯，沒關係的。」深雪回答欲言又止的穗香。

「他在伊豆的別墅休息。偶爾能夠放鬆一下應該也不錯。」

「伊豆嗎……如果沒發生各種麻煩事，或許令人羨慕。」

「就是因為有這些麻煩事，達也才非得到別墅避難吧？」

「吵死了。這種事我不用你說也知道。你就是因為講話斤斤計較才沒有女人緣。」

艾莉卡不知道是由衷還是開玩笑的這番話被雷歐打岔，艾莉卡反過來訓了他一頓。

「呃……！少雞婆。就算比不上達也，我也沒被女生討厭喔。櫻井，妳說對吧？」

今天來到咖啡廳的不只是三年級。是包括香澄、泉美、水波的二年級三人組，以及詩奈、侍郎這對一年級的大陣仗。

雷歐將話鋒轉向水波，是因為她和雷歐同樣屬於登山社。水波有學生會的工作，所以幾乎沒到社團露面，不過偶爾會把她在調理社捏的飯糰送過去慰勞，很像是社團經理會做的事。

「……嗯，說得也是。」

對於雷歐徵詢同意的話語，水波回答得有點結巴。

「啊～討厭討厭。居然在這種地方動用權力，我真不想變成他那樣耶～～」

「妳說啥？」

艾莉卡無視於尖聲抗議的雷歐，轉頭看向水波。

「水波，不必因為他是社長就袒護他喔。」

「這樣啊……」

水波一臉為難，交互看向艾莉卡與雷歐。

「艾莉卡，還有西城同學也是，不要害水波為難好嗎？」

艾莉卡與雷歐一瞬間四目相對，同時朝深雪低頭。
就這樣，水波在深雪的協助之下，終於得以擺脫困惑。
「達也同學週日不會回來這裡嗎？」
美月的問題，使得在座眾人的氣氛變了。
尷尬的空氣開始流動時，深雪露出落寞的笑容搖了搖頭。
「我想他暫時回不了東京。因為有些人在各方面很囉唆。」
「我……我們主動去打擾的話……不行嗎？」
穗香代替美月，有點不流利地提出這個過於衝動的問題。
「要問他是否方便才知道。」
深雪稍微思索之後回答。
「說得……也是。」
「畢竟也可能會有不速之客上門。」
這次是香澄與泉美對這句話起反應。
「學姊，意思是……」
「確實有可能。」
深雪朝著雙胞胎學妹投以蘊含慈愛的笑容。

「泉美學妹、香澄學妹，如果發生這種事，而且妳們家處於『客人』的立場，妳們可不能妨礙父親與哥哥喔。」

「深雪學姊！無論在任何時候，我都站在學姊您這邊！」

泉美激動反駁。

不過，一旁的香澄面有難色。

「泉美學妹，因為妳這麼說，所以香澄學妹在為難喔。」

「香澄！妳和我同一國吧？」

「慢著，是沒錯啦，我和妳同一國，可是……」

香澄愈來愈不知所措。

「泉美學妹。」

深雪露出苦笑，介入逼問的泉美與困惑的香澄之間。

「至少，請兩位務必別做任何事，好嗎？因為我與達也大人，都不想要真的和妳們的父親敵對。」

「……知道了。」

出自愛戀（？）的弱點。深雪以無從誤解的話語如此懇求，泉美無從抗拒。

「深雪，我才要說，不可以對我們客氣喔。」

深雪轉頭一看，艾莉卡露出發自內心的愉快笑容。

「但我不希望你們亂來……」

「我們不打算主動亂來啊？」

艾莉卡睜眼說瞎話。

她的表情過於泰然自若，深雪只能露出含糊的笑容。

◇◇◇

魔法大學沒有同好會這樣的組織。

不過有社團活動。大型運動社團完善到聘雇教練帶隊。魔法師將來的出路大多需要體力或運動能力，社團就某方面來說是補足大學課程缺乏體育實作的部分。

不過，並不是所有學生都參加社團。雖然是理所當然，但是社團並非強制參加。在高中擔任過社團聯盟總長的克人，在魔法大學也沒參加社團。

克人有十文字家當家的工作要做，總是儘早回家，很少在這種時間走出校門。今天是碰巧花太多時間寫實習報告而晚歸。由於是預定以外的狀況，所以在意家裡工作的克人加快腳步前往車站。

「十文字！」

有個聲音從後方叫住克人。

不用轉身也認得出來的熟悉聲音。坦白說，這個人比較常妨礙預定計畫，但是不知為何（即使除去家系要素），克人總是不禁為她停下腳步。

克人現在也停下腳步轉身。

「十文字！」

「七草，我有聽到，不必這麼大聲。」

小跑步趕過來的真由美，在克人面前煞車，不好意思地笑了。

她閉上單邊眼睛吐舌頭——其實沒做出這麼做作的舉動，但她的氣氛給人這種感覺。

「對不起，把你叫住。」

「沒關係，所以有什麼事？」

克人劈頭詢問用意。

這種愛理不理的應對方式，不是因為沒把真由美視為異性看待，而是顯示她在克人心目中是不必拘謹的對象。

「我想問一些事。方便一起搭電車嗎？」

「妳會繞遠路吧？」

「頂多二十分鐘左右吧？我不介意。」

現代主要的近距離大眾運輸工具——電動車廂，基本上是直達目標車站。不考慮「讓共乘的人中途下車再前往下一個目的地」這種使用方式。

不過，並不是不可能共乘。雖然有點碰運氣，但是共乘者抵達目標車站的時候，如果沒有其他乘客在等車，就可以繼續搭往下一站。即使有其他乘客，也只要排隊就好。

電動車廂內部徹底保護乘客隱私。車內的對話幾乎不可能外洩。利用這個性質，將電動車廂當成密談場所的生意人或情侶應該不算例外。

真由美邀克人共乘的目的也是密談。不過第一個目的地是最靠近七草家的車站。

「十文字是女性主義者耶。」

「這種程度是當然的吧？」

真由美輕聲笑著說，克人板著臉回答。

「所以，妳想問什麼事？」

克人詢問的同時，真由美臉上的笑容消失了。

「十文字，聽說你要去見達也學弟。」

「是聽令尊說的嗎？」

「他沒說明你要去做什麼。」

克人往後靠在座位，閉上雙眼，雙手抱胸。

「這我不能說。」

「謝謝。你現在這麼說，我就知道了。」

克人睜開雙眼。

真由美送給克人一個秋波。

「光是『日本高中生』這個提示，就等於已經確定了。既然你保密到這種程度，果然是這麼回事吧？」

真由美避開專有名詞如此斷定。

克人依然三緘其口。

「那個，十文字……」

「……什麼事？」

真由美的語氣明顯要央求某些事，克人不情不願地回應。

「可以也帶我去嗎？」

「……為了什麼？」

克人睜大眼睛看向真由美，接著立刻將視線移回正前方這麼問。

「我不認為達也學弟會乖乖接受說服。」

「……哎，我想也是。」

「就算這麼說，我也不認為你願意無功而返。」

「…………」

「我想你不會輸給達也學弟。達也學弟也很強，卻肯定比不上你。」

「所以？」

「可是，我想達也學弟也不會輕易敗北。達也學弟有那個治療魔法，所以或許打到死都不會停手。」

「司波的治療魔法……強到這種程度？」

克人鬆開雙手，轉頭看向真由美。

「嗯。不過嚴格來說，好像不是治療魔法。」

真由美正面承受克人的視線，反過來注視他的雙眼。

「所以，我也想跟你去，以免造成無法挽回的後果。」

「意思是妳也要一起說服司波？」

「我自認不會拖累你喔。」

克人從真由美身上移開視線，嘆了長長的一口氣。

「雖然是以溝通為前提……不過也對，讓妳一起來，或許比較可以和平解決。因為比起我，妳和司波的交情比較親密。」

「聽你說『親密』，我覺得怪怪的……什麼時候要去達也學弟那裡？」

「如果他方便，我想在這週日過去。到時候我打算開車，所以我去妳家接妳吧。」

「哎呀，謝謝。」

真由美嫣然一笑，轉向正前方。後來兩人就沒什麼交談，但車內的氣氛沒變得尷尬。

◇　◇　◇

在航空母艦企業號的護衛任務結束歸隊的隔天，莉娜在訓練的時候無精打采。

「總隊長。您看起來狀況不好，是身體怎麼了嗎……？」

「不，沒事。班，抱歉讓你見笑了。」

結束訓練返回宿舍的途中，第二把交椅的卡諾普斯甚至一臉嚴肅地關心她。

「沒關係，既然是人，狀況有好有壞也是當然的……不過，真的沒事嗎？」

「嗯。貝佐布拉佐夫、馬克羅德。看來我當時面對這兩名『使徒』太緊張了。真不像我的個性。」

「因為那裡不是戰鬥的場所，是會談的場所。為了避免在外國貴賓面前出洋相，難免會費心勞神。」

「……班？你的意思是說我平常很粗野？」

「啊，不，屬下不敢。」

卡諾普斯連忙移開視線。

莉娜感覺太陽穴在抽搐。

「總隊長，好好休息是特效藥喔。告辭。」

卡諾普斯掛著爽朗的笑容離開。

莉娜像是瞪視般目送他的背影，不過大概是認為不能老是這樣下去吧。莉娜放鬆肩膀力氣，走向自己房間。

多虧卡諾普斯的消遣，莉娜心情稍微舒坦了，但是這種程度無法去除內心深植的芥蒂。即使淋浴也沒能變得身心舒暢。

她自己知道，原因是她在企業號看見的——正確來說是感覺到的魔法師境遇。

對於魔法師被當成武器對待，莉娜至今沒什麼突兀感或厭惡感。對這件事抱持最強烈疑問的時間點，是她之前待在日本，和達也與深雪他們——不，是和達也交流的那時候。

莉娜只圍著一條浴巾坐在鏡子前面。她幾乎沒意識到自己在做什麼。她沉浸在自己的思緒。

——對於魔法師上戰場，達也沒否定。

——對於魔法師從軍，達也沒否定。

——對於魔法師成為武器，達也「口頭上」沒否定。

——對於我繼續從軍，達也「否定」了。

這麼說來，記得我稍微聽他說過。這段思考掠過莉娜的意識。

達也的目標。魔法師不必當武器的世界。

或許是記錯了。達也或許沒說過這種話。不過，莉娜覺得只有這件事是確定的。達也想要打造一個魔法師不必被迫成為武器的社會。

回國遠離達也之後，莉娜不再為這種事迷惘。從軍的魔法師當然會在戰鬥中使用魔法。她再度如此認定。所以她覺得「魔法師被迫成為武器的世界」是鬼迷心竅的觀點。

我是以自己的意願成為軍人。

魔法師是以己身的意願肩負武器的職責。

無論外人怎麼看，魔法師都有選擇的自由。

——自己是這麼認為的。

——是這麼認定的。

（可是，那個東西……）

（企業號的系統……）

（正如達也所說……）

「對了，要警告達也……」

莉娜朝電話伸手，維持這個姿勢僵住。

（我剛才想做什麼？）

（警告達也？）

（警告什麼事？）

（警告貝佐布拉佐夫與馬克羅德要對他不利？）

剛沖完澡的額頭，緩緩冒出討厭的汗珠。

奇妙的寒意竄過背脊。

「哈，哈哈，哈哈哈哈哈……」

莉娜口中發出的笑聲，一半是基於自己的意志。

「我……究竟想做什麼？」

如果不笑，可能會陷入恐慌。

想起達也的事就算了。

但是自己居然想洩漏軍方情報警告達也。

而且使用肯定被竊聽的住處電話。

（原來我受的打擊這麼強烈。）

（因為得知魔法師被當成元件，當成燃料來「使用」。）

（軍人的自由意志是受到限制的。我明明以為自己理解這一點……）

（明明以為自己接受這一點……）

（達也……）

「所以，他才會講那種話嗎？」

那天晚上道別時的話語，在莉娜耳際甦醒。

『如果莉娜想從STARS退役……』

『如果妳想辭職不當軍人……』

（達也。你早就知道我不適合從軍嗎……？）

莉娜沒認知到自己在想什麼。

她站起來，為了流汗暖和身體，再度前往浴室。

解開浴巾，讓熱水拍打肌膚。

這個時候的莉娜，不記得自己在鏡子前面最後思考的事情。

星期三傍晚，達也收到克人的電子郵件。

信裡詢問他週日是否方便。既然是從四葉本家轉寄，代表這場會面不是基於第一高中學長學弟的關係，是十師族十文字家對十師族四葉家的申請。

「達也哥哥，是急事嗎？」

剛來到這棟別墅的黑羽文彌，詢問回到沙發的達也。

此時琵庫希端了兩人份的咖啡過來。

達也不在意她在場，回答文彌的問題。

「不。十文字家的當家說他週日想來這裡。這封信是經由本家轉寄的。文彌，你有聽到什麼消息嗎？」

「不，完全沒有……」

達也朝咖啡杯伸手，也勸文彌趁熱喝。

文彌「塗著指甲油」的手指伸向桌面，單手撥起「垂在臉頰的及肩頭髮」，將杯子送到「抹

上口紅的嘴唇」。

「這樣啊。不過文彌，難得看你和亞夜子分頭行動。」

「姊姊也想見達也哥哥，不過這是命令。」

文彌將咖啡杯放回桌面。朝桌子探出上半身而稍微歪掉的裙襬，他隨手就調整好。這個動作大概是下意識進行的吧。

「那麼告訴我吧，你是接到什麼命令過來這裡？刻意打扮成『這副模樣』，也是命令的一部分吧？」

達也的「這副模樣」四個字，染紅文彌的臉頰。

他的外型比大多數的女高中生還要楚楚動人。

「我是，那個，因為很多人認識……」

「啊啊，原來如此。以真面目和現在的我接觸不太妙是吧。」

聽他這麼一說，就覺得這個理由很合理。文彌在去年的九校戰廣為人知。

他是四葉一族的人，已經像是公開的祕密了，但本家似乎不想公開承認文彌的存在——不過對於沒有男扮女裝興趣的文彌來說，可就相當令人同情了。

「所以？」

達也切換思緒，重新詢問。

文彌端正坐姿。

「這棟別墅遇襲的可能性增加了。」

「國防軍嗎？」

達也面不改色如此反問。

「是的。」

文彌則是稱不上同樣若無其事。他妝扮得可愛迷人的臉蛋，因為緊張而僵住。

「文彌，你只是來傳話的。」

聽到達也暗示「不用這麼害怕」以及「不必驚慌」，文彌做好覺悟。

「四葉家……沒辦法派援軍過來。」

文彌放在裙子上的雙手緊握。

他做好被達也責罵的覺悟。

「這是當然的判斷吧。」

「啊？」

所以，他無法理解達也這句話。

「這和十師族內部的抗爭不同。現在槓上國防軍並非上策。要是整個家系為了我一個人而被迫過著不能見光的生活，收支明顯是赤字。」

「達也哥哥對此不在意嗎？」

對於達也的冰冷論理，反倒是文彌火冒三丈。

「你在慌張什麼？」

達也沒問文彌「你在激動什麼」。

這句話讓文彌察覺，自己手臂發抖並不是因為一時衝動使力。

文彌自覺被恐怖囚禁。

「我自己打退所有人就好。」

達也就像是說明初級數學方程式般隨口回應。

文彌睜大雙眼，雙唇稍微分開。他應該沒這麼意思，但是亮麗口紅襯托的雙唇中間露出潔白牙齒與粉紅舌頭，看起來像是在勾引異性。

洋溢無法言喻少女魅力的遠房表弟，達也只在一瞬間投以憐憫的視線。但他立刻回復為鋼鐵般的表情。

「幸好這裡有裝甲服與機車。」

不是普通的裝甲服。是四葉家獨自研發的飛行裝甲服，以及搭配運用的裝甲機車。文彌也知道這兩件裝備運到這棟別墅。

「此外，我也把手鐲、三尖戟與槍尖帶來了。四下無人的山林是我的主場。如果『現代果心居士』或『大天狗』這個等級的敵人出馬就另當別論，不過只要沒發生這種狀況，我自認不會有任何閃失。」

達也說的「手鐲」是手鐲造型的完全思考操作型ＣＡＤ「銀鐲」。「三尖戟」是愛用的手槍造型ＣＡＤ「銀鏃改造版三尖戟」。「槍尖」是「重子槍」專用的ＣＡＤ裝置。

確實，裝備這些武器防具的達也，除非「現代果心居士」九重八雲或「大天狗」風間玄信這種水準的敵人出現，否則肯定會勝利。文彌如此確信。

無論敵方有幾十人。

無論敵方有幾百人。

文彌自覺身體的顫抖停止了。

別墅外面停著一輛計程車。是文彌（少女版）搭乘的車。

讓車子一直等下去，車資肯定很驚人……會這麼想是正常的，但達也不這麼認為。並不是因為他推測文彌包下這輛車，而是他知道駕駛是黑羽家的黑衣人。

達也來到玄關門口，目送戴著寬簷帽的文彌。

「偷拍的檔案我已經破壞，不過回去路上小心點啊。」

「抱歉勞煩您了。」

文彌惶恐行禮。這個動作配上他的服裝毫不突兀。

達也說的「破壞檔案」，指的是他以「分解」刪除了躲在周邊的狗仔隊（大概是軍方情報部的人員）針孔攝影機裡的檔案。如果以照片比對骨架，即使男扮女裝也會被查出是文彌本人。文彌的女裝始終是用來欺騙肉眼。他之所以戴上寬簷帽，也是為了迴避偵查衛星或平流層平台的攝影機。

「剛才的電子郵件是從本家轉寄，所以母親大人應該也知道內容。我姑且將回信的副本寄給本家，不過可以請你親口轉達我答應和十文字家會面嗎？」

「知道了。達也哥哥，那我告辭。」

「嗯。專程跑這一趟，辛苦你了。」

對於達也的慰勞，文彌露出甜美的笑容。

文彌擁抱達也親吻臉頰——這樣的離別場面並未上演。

◇◇◇

達也和文彌對話的這時候，深雪迎接亞夜子的到訪。

地點是剛搬來的調布住宅。

「聽說是在星期一搬過來的，不過完全整理好了耶。」

坐在會客室沙發的亞夜子，朝著坐在正對面的深雪這麼說。

這戶大樓住家比之前的獨棟房子還大，接待訪客的房間也不是客廳，是獨立的氣派房間。

「畢竟沒什麼行李，而且水波很努力。」

深雪看向剛好端茶與茶點過來的水波，回應亞夜子的「阿諛奉承」。

「明明和我同年，卻好能幹耶。」

聽到亞夜子的稱讚，水波輕聲說「不敢當」行禮致意。水波當然也知道亞夜子這番話是客套話。

備好茶水點心之後，水波的身影消失在關上的門後。

深雪與亞夜子同時看向對方。

「亞夜子，今天過來有什麼事？」

「深雪姊姊，小女子今天只是信差喔。」

兩人彼此交換隱含微妙緊張感的微笑。

能阻止兩人的達也與文彌都不在場。還以為勁敵之間的氣氛將會就這樣無止盡升高，但深雪忽地移開視線。

她看向桌面，以令人著迷的動作拿起茶杯，飲用不會太燙的茶。

經過短暫的延遲，亞夜子以高雅的動作，將羊羹切成小塊送入口中。

「幫姨母大人傳話？」

等待亞夜子吞下嘴裡的食物之後，深雪問。

「嗯，是的。」

亞夜子將叉子靜靜放回盤子回答。

「可以告訴我嗎？」

「近日，國防軍嘗試綁架達也先生的可能性增加。」

「這樣啊。」

亞夜子刻意以「綁架」這個激進的字眼形容，深雪對她這番話的反應卻很乾脆。

「您不驚訝？」

亞夜子自己以不甚意外的語氣詢問深雪。

「因為這是正常猜想得到的事情。我和達也大人不同，不相信國防軍。」

「達也先生之所以加入獨立魔裝大隊，小女子認為不是因為相信國防軍。」

「也對。不過既然有人親切對待，多少會產生感情吧？因為達也大人並非完全失去情感。」

沒想到深雪會主動提到達也欠缺情感，亞夜子不禁語塞。

即使如此，她還是立刻重新振作，進入今天的正題。

「關於詳細的日期與時間，只要掌握國防軍的動向，這邊會隨時通知。不過，小女子能做的只到這裡為止。」

「……請講得更簡潔易懂一點。」

「換句話說，本家與分家除了情報，都無法提供更多支援。」

「這是姨母大人的決定吧？」

「是的。」

「這樣啊……」

深雪如此低語的同時，室溫驟降。

桌上的茶結冰，羊羹表面結霜。

冷卻現象不只如此，亞夜子的頭髮與衣服開始貼上冰層。

「亞夜子，再不認真抵抗就會凍結喔？」

深雪平靜地，和藹地，彷彿飄落堆積的白雪般溫柔告知。

「請自便，到您心滿意足為止。」

亞夜子失去血色的嘴唇不斷顫抖，以倔強的語氣回應。

「這樣啊。」

深雪再度低語。

室溫急遽回復。

「——深雪大人，發生什麼事？深雪大人！」

隨著激烈的敲門聲，傳來水波拚命呼喚的聲音。

「水波，進來吧。」

「打擾了！」

水波一進入會客室，眼前的慘狀就令她啞口無言。

室內到處結露。

只有深雪周圍沒事。

坐在深雪正對面的亞夜子，頭髮與衣服也溼透了，臉色變得慘白。

「水波，帶亞夜子到浴室。這個房間由我來除溼。」

「遵……遵命。亞夜子大人，請往這裡。」

「謝謝。」

亞夜子在水波的催促之下起身。

她乖乖跟在水波身後踏出腳步，卻像是按照預定計畫般，在門前停下腳步。

「深雪姊姊。」

「什麼事？」

深雪聽到亞夜子叫她，以毫無罪惡感的冰冷聲音回應。

「剛才以及現在的姊姊，都和當家大人一模一樣。」

「這是我的榮幸。」

「……如小女子先前所說，四葉不會派人支援達也先生。能夠協助達也先生的，只有深雪姊姊您。」

亞夜子背對深雪。

「我知道的。」

深雪如此回應時，亞夜子已經消失在門後。

「亞夜子大人，真的不用幫您嗎？」

水波在浴室門口像是再三確認般詢問，因為亞夜子腳步非常蹣跚，連站穩都很勉強。

要是看到她連脫衣服都很辛苦的樣子，即使不是侍女專業意識深植於內心的水波，肯定也會提出相同的要求。

「我沒事。謝謝妳的關心。」

「……我在這裡整理衣物，您需要任何協助的時候請儘管吩咐。」

「好的，有什麼問題的話就受妳照顧了。」

亞夜子說完，一絲不掛進入浴室關上門。

這間浴室的門不是常見的毛玻璃，內部確實和更衣間隔開。從更衣間這裡看不到人影，也聽不清楚裡面的聲音。

所以亞夜子開著蓮蓬頭的熱水，安心癱坐在地上。

（那就是深雪姊姊的實力……那樣居然還不到認真的程度……）

剛才賭氣裝作若無其事，不過大概是反作用力吧，亞夜子現在雙眼泛淚。

剛才的寒氣不是蓄意發動魔法，是魔法力失控造成的。

即使如此，深雪造成的低溫，並沒有直接侵蝕亞夜子的身體。

亞夜子當然以情報強化保護自己的身體。

但是和這一點無關，本應失控的深雪魔法，隔著一層薄薄的護壁纏繞亞夜子的身體。

冰霜貼在頭髮上，不是因為頭髮上的水分凝結，而是空氣中的水分附著在頭髮凍結。衣服也是。

而且，自己的魔法防禦無力應付這個「現象」……

（不是事象改寫這麼簡單的東西……）

（簡直像是這個世界「自願」服從深雪姊姊。）

（這個魔法如同讓世界的心拜倒在石榴裙下，成為俘虜，直接納入統治……）

和亞夜子所知的魔法源自不同真理的超自然法則。
這樣的「妄想」掠過內心。
被蓮蓬頭熱水拍打的亞夜子，身體打了寒顫。

◇　◇　◇

五月下旬的星期四。
獨立魔裝大隊的風間中校進行文書工作時，接到達也的電話。
『風間中校，抱歉在百忙之中打擾。我是司波達也。』
「……感謝您在沖繩的協助。」
電話另一頭自稱是司波達也，風間沒誤解箇中意義。達也不是以獨立魔裝大隊隊員「大黑特尉」的身分，而是以四葉家魔法師身分打電話過來的原因，風間已經隱約察覺。
「所以，請問今天有什麼事？」
風間試著如此詢問。
『聽說國防軍企圖襲擊我，這是事實嗎。』
達也以人工智慧般的死板語氣，回以這個不友善的問題。

「不完全是事實。」

風間不認為需要老實回答，也沒有這個打算，卻不知為何無法對達也的這個詢問裝傻。

『那麼，哪些部分是事實？』

「鎖定你的是國防陸軍情報部。這是情報部失控的行為，並非陸軍的決定。」

風間一邊回答，一邊懷疑是否有精神干涉系魔法介入，卻立刻自行駁回這個可能性。

不是因為達也無法使用精神干涉系魔法。

風間自覺因為坐視達也陷入困境而感到內疚，加上內心計算為了阻止達也最好坦白到某種程度，才會像這樣動起自己的嘴。

『換句話說，是情報部的反叛吧？』

達也毒辣的形容方式，使得風間語塞。

「……可以這麼說。」

但是，風間不得不承認達也沒說錯。

達也確實襲擊了陸軍的祕密設施。基於這層意義，達也是罪犯，考慮到特務軍官的身分，他是叛徒。

不過，軍人未經許可行駛國家交付保管的軍事力，是攸關文民統治根基的重罪。若要將達也視為叛徒裁決，後者的罪必須送上軍事法庭審判。正如達也的指摘，情報部擅自動用戰力，毋庸置疑是反叛行為。

『那麼基於貴族的立場，我自衛也不成問題吧？』

這次風間真的不知道該如何回答。

情報部的計畫無疑違反法律與軍方秩序。如果洩漏給媒體知道，軍方會大受抨擊，內閣也必須總辭吧。如果達也能暗中應付，原本是應該歡迎的做法。

不過，如果表面上變得像是一〇一旅贊成達也將情報部的實戰部隊殲滅，那就不太妙了。如同「三人必成黨」這句話所說，沒有組織和派系鬥爭無緣。國防軍也不例外。

一〇一旅基於旅長佐伯少將的高明手腕與無從挑剔的資歷，得以排除政戰勢力或政治家的介入，但是在派系方面的根基薄弱。加上佐伯身為女性過於幹練引發男性社會的反彈，所以沒有能夠確實信任的後盾。

考慮到佐伯在國防軍內部勢力圈的立場，應該極力去除別人找她麻煩的可能性。

「以獨立魔裝大隊的立場，不成問題。」

到最後，風間只能以發生萬一時能夠自己扛起責任的範圍回答。

「……我想你知道，大隊基於立場不能支援你。希望你自己克服難關。」

『我當然知道。』

一瞬間，風間覺得達也露出極度殘酷無情的笑容。

『只要得到中校您的諒解就夠了。打擾了。』

「嗯。祈禱你勇猛奮戰……更正，祈禱事情幸運落幕。」

不必勇猛奮戰。達也肯定會戰勝。不過為了避免這份勝利讓事態更加惡化，幸運應該是必須的吧。

達也的回應沒傳達給風間，視訊電話就結束了。

達也浮現的笑容，風間決定當成自己想太多而忘掉。

辦公桌上的視訊電話會自動錄下對話影像。只要重播剛才的通話，肯定可以立刻確定那張像是把對方貶低為陌生人的殘酷笑容是不是錯覺。

但是風間沒確認，就按下錄影檔案的刪除鍵。

◇◇◇

星期四的午餐時間。克人獨自在咖啡廳露台座位喝咖啡時，真由美前來搭話。

「方便共桌嗎？」

「沒關係。坐吧。」

克人回答之後，察覺真由美的托盤上只放著茶杯。

「七草，午餐吃完了？」

克人自己也已經吃完午餐，但他自覺吃得很快。如果是餐會的場合，他會一邊加入對話一邊配合對方的速度，不過獨自一人時會快速吃完。

今天也是如此。他不久之前吃完午餐，從餐廳移動到咖啡廳。即使女性食量總是比較小，感覺真由美也太快吃完了。

「第三堂課停課，我就趁餐廳人多之前吃完了。」

「原來如此。」

魔法大學的學生很勤勉，要學的東西很多。克人自己也是如此，上午幾乎沒有空堂。下午沒課的時間挺多的，這是顧慮到某些學生要幫忙家裡的事業。

「十文字，關於那件事……」

真由每一坐下就進入正題。

相較於她平常的個性有點性急，不過大概是不想待太久引人注目吧。

「昨天，我收到回應了。按照預定計畫。」

雖然避免說出具體的專有名詞，但是不用說明也知道，「那件事」是說服達也的計畫。

「那剛好。大約九點出發可以嗎？」

「沒問題。原來是在白天見面啊。」

真由美點頭回應克人的詢問，同時以「有點意外」的語氣回答。

「對方是高中生，總不能把酒對談。既然這樣，在夜晚造訪會造成困擾吧。」

克人提出的理由符合常理，但真由美抱持疑問的部分不是這裡。

「因為，可能會動用武力吧？入夜再去不是比較好嗎？」

真由美語出驚人，但克人沒阻止。

周圍的學生們知道克人是十師族當家，真由美是十師族直系。十師族「動用武力」不是什麼很稀奇的事。

到頭來，周圍架設了隔音力場，即使坐在相鄰的座位也聽不到。

「在黑暗中恐怕會被暗算。」

克人的回答，使得真由美感到認同與戰慄。

「十文字……難道說，你是不是挺認真的？」

確實，比起視野遼闊的狀況，昏暗或障礙物較多的環境，對於達也來說比較有勝算吧。克人當然會有所提防。不過真由美覺得克人剛才的說法是要全力擊潰達也。

「這是非得認真應付的對象。」

克人以堅定的語氣，回答真由美的問題。

（啊……這百分百是認真的。光靠我一個人或許沒辦法……）

真由美暗自冒著冷汗如此心想。

◇ ◇ ◇

星期五。深雪在上課時，也一直思考昨晚從亞夜子那裡收到的電子郵件內容。

（後天……）

郵件內容，是關於國防軍襲擊達也的日期與時間。

除此之外，還有另一項情報。

（如果只有國防軍，哥哥……達也大人不會輸。）

（可是，如果加上十文字學長……）

來自亞夜子的郵件內容，說明國防軍將配合克人的造訪襲擊達也。

（一對一的話，即使對方是十文字學長也一定會戰勝。）

關於達也與克人的實力優劣，深雪和真由美抱持完全相反的想法。

達也會勝利。達也是最強的。深雪對此深信不疑。

但是深雪也知道，達也並非無敵。

要是克人和國防軍聯手，就不能無視於達也因為魔法演算領域負荷過度而倒下的可能性。

即使沒聯手，要是先和克人交戰消耗力量的時候遇襲，或許會意外戰敗。

（……我還是也去一趟吧。）

深雪是在學生會活動結束收拾的時候，做出這個決定。

真夜沒命令深雪不准去找達也。

不過，深雪前去協助達也，肯定違反了真夜命令兩人分居的意圖。

亞夜子對深雪說「能夠協助達也先生的，只有深雪姊姊您」，但這是亞夜子個人的意見。那番話反倒應該解釋為真夜不希望任何人去協助達也。

即使如此，深雪內心也沒有「不幫達也」這個選項。

（……沒錯。打從一開始就不必煩惱。）

真夜、四葉家、國防軍、國家，甚至是這個世界的想法與意願，都和深雪無關。

為了達也而行動。

因為這是自己存在的意義。

——深雪重新下定決心。

穗香等學生會幹部、雫與香澄的風紀委員會搭檔，還有等待詩奈放學的侍郎。和這些人一起走向車站的深雪，聽到背後有人叫她，停下腳步轉身。

「哎呀，艾莉卡，你們也正要回家？今天我比較晚，還以為大家都回去了。」

如深雪所說，今天她處理學生會的工作直到校門即將關閉。現在是日照時間長的時期，所以天還是亮的，但如果在冬天已經是日落時間。包括社團活動的學生在內，校內肯定已經幾乎沒學生留下了。

「是被巡邏的人趕出來的。」

「我們在咖啡廳露台座位唸書準備考試，沒發現時間這麼晚了……」

艾莉卡滿不在乎，美月不好意思地回答深雪的疑問。

「畢竟快段考了。」

美月回答之後，深雪點頭回應。

魔法科高中的段考內容是魔法學相關科目與魔法實技。普通科目不進行筆試，是以日常分數評定。這到了三年級也沒變。美月是魔工科，所以測驗內容略為不同，但是一科與二科進行相同的測驗，所以幹比古和艾莉卡、雷歐他們一起唸書也不奇怪。

「至今明明沒辦過什麼讀書會。」

雫的吐槽不正確。應該說她沒講完整。正確來說是「至今明明沒在放學後留在學校辦什麼讀書會」。

「最近成績進步，我也稍微想考魔法大學了。」

雫沒說完整已經是司空見慣的事，所以雷歐不在意，有點害臊地回答。

「我不想上大學，不過要是這個笨蛋進了魔法大學，我卻沒考上，總覺得很丟臉。所以我也想加把勁。」

此時迅速打岔消遣（？）的人，照例是艾莉卡。

「說我笨蛋是怎樣！」

「你自以為聰明嗎？臉皮真厚。」

「好了好了，艾莉卡與雷歐同學都別打情罵俏了。」

美月介入艾莉卡與雷歐的「歡樂」拌嘴。

順帶一提，幹比古早已決定「不履險地」。

「不是打情罵俏！」

「艾莉卡，妳明明很聰明，要是早一點開始用功就好了。」

美月完全不理會艾莉卡的叫喊。應該說當成耳邊風。

「柴田學姊真有一套……」

香澄不禁感嘆，一旁的泉美深深點頭。

「……我說過吧？我沒有升學的打算。」

大概是覺得繼續緊咬這件事很難看，艾莉卡正經回應。

「高中是家人要求，我才不得已來唸的。不過以結果來說非常正確，我只在這一點稍微感謝他們。」

美月朝幹比古投以「明明不需要害羞……」的眼神。

艾莉卡當然假裝沒察覺。

「我想在高中畢業之後，出外進行武者修行之旅。」

「咦？」

「武者修行？」

美月與穗香接連驚叫。

「嗯。不是魔法，我想試試正統的古流劍術。我想在打工賺錢的同時，先拜訪日本各地的劍客，總有一天走遍全世界……大概是這樣吧。」

艾莉卡最後不好意思地以笑聲作結。

除了艾莉卡，沒有任何人笑。

「……這種事，從魔法大學畢業之後也能做吧？」

「咦？慢著，不能這樣吧？大學畢業都幾歲了？」

深雪說完，艾莉卡露出慌張表情，雙手舉到胸口搖動。

「和年齡無關，我覺得這是美妙的夢想。如果達也大人贊成，就讓這邊支援妳，讓妳不用打工吧？」

「不不不不！」

艾莉卡看起來愈來愈慌張，甚至沒有隱瞞的餘力。

「我也認為是美妙的夢想喔。」

「我也是。贊助就交給我吧。」

「不不不不不……話說回來，深雪。」

穗香與雫進一步加油打氣，艾莉卡終於承受不住，強行改變話題。

「這個星期天，可以去達也同學那裡嗎？不是我一個人去，是大家一起去。」

艾莉卡這番話是萬不得已擠出來的，但美月聽完像是忽然想起什麼般接話。

「剛才用功的時候，我們聊到這件事。」

「並不是有事要找他就是了。」

「該怎麼說，偶爾想看看他。」

繼美月之後，幹比古、雷歐說明原委。

深雪感覺到眼角一陣溼熱。

——四葉家壓榨、利用達也至今。不只是非法活動，達也身為「托拉斯．西爾弗」也帶來鉅額利益。

——達也至今為國防軍貢獻良多。去年十月能夠擊退大亞聯軍，要說是多虧達也也不為過。

——達也打響第一高中的名聲。去年的九校戰優勝絕對不能不提達也的存在，前年的九校戰也有好幾成是達也的功績。論文競賽雖然沒得出成果，但是去年的恆星爐實驗足以彌補還有剩。

這肯定不是自己的偏見。深雪會這麼想，絕對不是偏袒自家人吧。

肯定有人對於貢獻程度提出異議。

不過，當成評價根據的功績，是毋庸置疑的事實。

即使如此，卻沒人肯保護達也。

四葉家如此。

國防軍如此。

學校也是如此。

學校甚至率先射出第一箭。

但是，這群朋友卻願意……

「……對不起。這星期日，好像有別的客人會來。」

正因如此，不能波及他們——深雪這麼認為。

她忍住淚水，也沒露出快要掉淚的模樣，一臉嚴肅地婉拒。

聽到她的回答，艾莉卡犀利瞇細雙眼。

「照例是那種『不速之客』？」

深雪裝出笑容，搖了搖頭。

「其實或許不能說吧……不過這次的訪客是十文字學長。」

「啊～～十文字學長……」艾莉卡露出稍微內疚的表情（大概是逼深雪說出不想說的事情招致罪惡感）輕聲說。

「所以艾莉卡，不要打什麼鬼主意喔。」

深雪叮嚀之後，艾莉卡乖乖點頭。

◇◇◇

雷蒙德・S・克拉克。為了享樂而犯罪，自稱「七賢人」的這名少年，最近心情不太好。因為他喜歡的興趣，使用「至高王座」的遊戲不能玩了。

並不是「至高王座」無法使用。至少他的終端裝置一如往常可以運作。

但是另外六人的終端裝置失去功能了。是系統管理者停止的。因此，偷看其他使用者所收集情報的樂趣消失了。

不只如此。唯獨他能使用等同於千里眼的系統，毀了這個遊戲的刺激感。做任何事對他都沒有損失。想偷看或洩密都隨心所欲。這麼一來，和孩童獨自幻想的遊戲沒有本質上的差異。

不好玩。

所以，雷蒙德向「至高王座」開發者兼管理者，也就是自己的父親艾德華·克拉克，央求他恢復其他使用者的權限。

不過，艾德華沒答應。

父親的回答是「等一陣子」。

雷蒙德沒有強求。他很懂事，嘗試一次就會打消念頭。

相對的，雷蒙德尋找新的玩法。

更驚險的玩法。

更刺激的玩法。

使用「至高王座」的遊戲中，最讓他感到興奮的是「吸血鬼事件」當時飾演的「建言者」角色。雖然也玩過「告發者」或「協逃者」的角色，卻比不上那時覺得「自己正在參與國際事件」的當事人體驗。

他想再度品嚐那種興奮。更正，品嚐更勝於此的興奮。

還有一件事。

既然使用「至高王座」的風險降低，使他無法品嚐刺激感，他這次想要自己背負風險。

除了那一次例外，雷蒙德至今沒有讓自己的長相曝光。

除了那一次，他至今完全避開自己真實身分被查明的風險。

不過，試著打破這項禁忌吧。

雷蒙德如此心想。

他當然不打算傻呼呼就老實暴露真面目。

他想以電腦系統改變外型、改變聲音，測試能將自己的存在隱瞞到何種程度。

這個國家的「十三使徒」安吉．希利鄔斯，使用魔法改變外貌與形體。

自己靠著系統的能力，能夠偽裝成別人到何種程度？

雷蒙德克制不了這種孩子氣的惡作劇心態。

[8]

星期六夜晚。

預料之外的客人造訪達也的別墅。

不可能誤判的這個「情報」接近，使達也從工作站前方起身，走到玄關前面的停車場迎接。

後車窗是霧面玻璃的大型轎車平滑停止。幾乎在同一時間，一名青年從駕駛座，一名少女從後座左側下車。

青年是花菱兵庫。

少女是櫻井水波。

水波就這麼按著門，以漂亮的姿勢站好。

兵庫掛著微笑，露出像是聳肩無奈的表情。

緊接著，美麗得不像是世間應有的一名少女，在水波的協助之下從後座下車。

深雪搖晃黑絹般的秀髮抬起頭。

達也和深雪四目相對。

「哥哥……！」

深雪發出感慨至極的聲音，撲向達也懷抱。

「歡迎妳來。」

達也輕輕接住深雪嬌弱的身軀，溫柔緊抱，在她的耳際低語。

「哥哥，我好想見您……」

「我也是……不過深雪，妳說錯了。」

達也這句話令深雪身體微微一顫，依依不捨地離開達也。

「……達也大人，好久不見。」

深雪完全忘記兵庫在場。即使不提這個，現狀也不知道哪裡有人在偷窺或竊聽。她謹慎向達也鞠躬致意。

「是啊。明明才經過一星期而已，卻覺得好久了。」

達也的回應難得隱含真實的情感。

達也委託兵庫明天傍晚前來迎接，讓他先離開，然後帶著深雪與水波回到別墅。

兩人只有各帶一個小包包做為隨身行李。其實這棟別墅不只是達也的生活必需品，也準備了深雪與水波的換洗衣物。

準備來這裡的時候，水波聽深雪提到這件事，表情有點抗拒。自己的換洗衣物放在自己管不到的地方，而且那裡只住著一名只和自己差一歲的異性。雖然不是真的認為內衣會被翻找出來，卻無法避免煩悶的不悅感湧上心頭。

深雪看起來完全不在意就是了。

就這樣，兩人提的包包（深雪與水波都堅決不讓達也幫忙拿）雖然不是很重，但是一進入別墅就被琵庫希收走。正確來說，是被琵庫希控制的非人型行李運送機器人委婉搶走。

包包不在手上，所以兩人不必先去寢室，就這麼在達也的帶領之下，坐在客廳的沙發。

「還沒吃飯吧？我立刻吩咐準備。」

不過，達也說出這句話的時候，水波從剛坐下的沙發迅速起身。

「達也大人，屬下來準備。」

聲音沉穩，雙眼卻蘊含非比尋常的熱誠。

看到她這副模樣，達也立刻放棄說服。

「……知道了。琵庫希，將廚房系統變更為手動模式。」

「拒絕。」

不過，琵庫希的回答遠遠超乎預料。

如果是無法處理這項指令，那還可以理解。達也掌握到琵庫希具備將廚房系統切換成手動的功能，所以知道這明顯是謊言，不過就某方面來說，依然可以當成「運作出錯」的範圍勉強收場吧。但若琵庫希是以自己的意志拒絕主人的命令，就是機械的禁忌。

達也重新體會到琵庫希並非百分百的機械，再度下令。

「不准拒絕。琵庫希，將廚房系統變更為手動模式。這是命令。」

「主人，喜歡，那個人類，製作的，料理嗎？」

達也感到頭痛。雖然早就隱約有這種感覺，不過琵庫希自從來到這棟別墅，好像就開始培育自我意志。這是第一次違抗達也的命令主張自我，但是達也還沒指示就主動打理大小事的場面，印象中發生過不少次。

不過正因如此，不能讓琵庫希過於自由行事。

「不是喜好的問題。琵庫希，這是命令。」

「……遵命。」

琵庫希沒具備這種功能，所以肯定是達也想太多，但琵庫希以不滿的語氣回應，然後將廚房系統變更為手動模式。

「辛苦了。琵庫希，進入待命模式。」

「遵命。」

這肯定也百分百是達也想太多，但琵庫希表露不滿情緒，坐在房間角落的椅子，像是人偶般靜止。

相對的，水波展露興高采烈的背影前往廚房。「我贏了……」的這句低語，達也與深雪都決定裝作沒聽到。

製作料理，端給達也與深雪享用，收拾好廚房，放好洗澡水也鋪好床的水波，終於露出滿足的樣子。主人是否應該看侍女的臉色？對此抱持不小疑問的達也，解除琵庫希的待命模式，讓她回去處理剩下的工作。待做的家事已經所剩不多，工作主要以保全為主，但是琵庫希沒發牢騷。

——這是當然的。達也在內心斥責自己想法反常，看向桌子正對面放鬆休息的深雪。

兩人不是在客廳，也不是在飯廳。

陽台擺了一張桌子，兩人相對而坐。（此外，搬桌子的是和行李運送機器人同類型的非人型機器人。這棟別墅使用許多機器人，但人型機器人只有琵庫希一具。）

時間已經超過晚上九點，但在戶外穿單薄一點也不冷。雖說是山上，不過這裡是伊豆半島，季節是五月下旬，氣溫不冷不熱剛剛好。偶爾吹來的風也和市區不同，清爽宜人。

深雪瞇細雙眼，按住微風吹拂的頭髮。她直到剛才也是一臉被水波與琵庫希奇特行徑（？）嚇呆的表情，不過換個場所似乎也轉換心情了。

「達也大人，這裡真舒服。」

「是啊。以時期來說剛剛好吧。」

在夜晚的黑暗中，屋內透出的光線讓深雪的雪白肌膚浮現。黑絹秀髮每當晚風吹起就灑落星辰，黑珍珠的雙眼彷彿從內側發光般閃耀。

目不轉睛看著深雪，現實感就變得稀薄。變得無法相信她和自己存在於相同的世界。連達也都會這麼感覺。

只應天上有，或者說是魔性的，超凡之美。

「……達也大人，那個，您這樣盯著我看……我會害羞……」

深雪的聲音，使得達也驚醒回神。

桌子的正對面，深雪羞紅臉頰低下頭，放在膝蓋上的手指靜不下來般反覆重新交疊。

達也終於察覺，自己不知不覺凝視深雪至今。

「抱歉，不由得看到入迷了。」

「怎麼這樣……居然說看到入迷……」

深雪臉蛋終於變得通紅，身體就這麼僵住不動。

達也自覺控制不了自己。

想見面的心情最強烈的人，看來不是深雪，是達也自己。

無法克制情感真的很棘手。達也如此心想，同時嫉妒世間的人們。因為如此繽紛的喜悅，世人並未受限只能獲得一種。

「真的對不起。我誠心道歉，所以能讓我看看妳的臉嗎？」

「……好的。」

深雪慢慢抬起羞紅未褪的臉蛋。

揚起視線和達也對看，立刻害臊移開目光。

「……我可以講正經事嗎？」

其實達也同樣感到難為情，幸好這份感覺不足以壓制意識。

「——請說。」

大概是從語氣感受到端倪吧。

眼角留紅的深雪，確實和達也四目相對。

「妳今天過來，是因為知道明天的事嗎？」

「是的。」

深雪停頓片刻之後反問。

「我也想請問達也大人，您知道嗎？明天造訪的不只是十文字學長。」

「嗯。文彌通知我了。」

「這樣啊……」

短暫的沉默。

「……深雪。我不想讓妳犯險。」

「我知道。」

再度出現短暫的空白。

「達也大人和十文字學長的戰鬥，我不會出手。」

「十文字學長來訪的目的是商量事情啊？」

「達也大人肯定也知道，事情不會只以商量就結束。」

「啊啊……應該吧。」

達也嘆了口氣。

浮現在他臉上的不是嫌煩的表情，而是因為無法避免衝突而嘆息的表情。

達也將克人視為盡量不想交手的強敵。

「達也大人……」

「什麼事？」

「十文字學長，應該會使用那個祕術吧。」

「那個祕術會縮短魔法師的生命啊？」

十文字家的王牌。兩人是在最近知道這個祕術。

克人祖護遠山司，擋在達也面前的那時候，達也得知無法避免和克人起衝突，從四葉本家問出十文字家的祕密。代價是欠了真夜一個大人情。

「要是動用那個祕術，達也大人若是維持『現狀』，我想也難免陷入苦戰。」

「深雪，妳徵得姨母大人的許可了？」

達也正確理解到深雪想說什麼。

「不，是我擅自決定的。」

「別這樣。這單純是私鬥。很難讓姨母大人接受。」

「不需要讓姨母大人接受。是我自己這麼希望的。我基於自己的責任做出這個決定。」

「深雪，妳冷靜。」

「我很冷靜，達也大人。不，哥哥……」

深雪洋溢惆悵心情的視線，足以縫住達也的雙唇。

「看來到最後，我只不過是哥哥的妹妹。成為四葉家下任當家，讓四葉家現任當家的兒子入贅。我明明知道自己只能以這種方式和哥哥結為連理……」

深雪說到這裡停頓，是為了將湧上喉頭的嗚咽吞回肚子裡。

「之所以惹姨母大人不高興，也是因為不希望哥哥有個三長兩短。」

深雪只在這一瞬間心慌意亂。她以隱含堅定決心的雙眼看向達也。

「哥哥，我要去除您的封印。」

「深雪，妳……說什麼……？」

不是「解除」，是「去除」。

「就是字面上的意思。我要讓哥哥再也不用為他人賦予的封印煩心。」

「慢著。等一下。確實不是不可能，但……」

達也顯露慌張神情，微微離開椅子。

「這會對術士造成沉重的負擔。而且不是受到封印的一方，是施加封印的那一方。是這樣沒錯吧，哥哥？」

不過，深雪以覺悟的表情如此回答，使得達也坐回去。

封印達也「質量爆散」的魔法，是四葉分家津久葉家當家——津久葉冬歌的系統外兼精神干涉系魔法「誓約」。這個魔法不只是封印達也最強的武器，也限制魔法力本身只能發揮一半左右的實力。

「誓約」是禁止某些特定主動意志的魔法，限制魔法力是其次的效果。

而且，這個魔法的特別之處，在於精神干涉效果是以術士以外的魔法力來維持。

如果要禁止某些行動，效果卻只能在術士面前才能發揮，那就沒有意義。獄卒也不能一直監視同一名囚犯。到頭來，如果一個魔法師只能控制一個人，效率就太差了。

所以，維持「誓約」效果的魔法力，通常來自接受法術的當事人，或是和受術者配對的第三者。如果限制意志的時限是半永久性，就是由受術者本人。若是某些時候需要暫時解除限制，就由受術者身邊的第三者提供魔法力。

在後者的場合，暫時解除限制用的「鑰匙」，會交給提供魔法力的第三者，使用這把鑰匙將植入術士精神的「禁止」覆寫為「暫時解除」。若要再度回復到「禁止」的狀態，必須由原本的術師或是「鑰匙」的擁有者，進行設定為重新生效開關的儀式。

以達也受到的封印來說，擁有「鑰匙」的是深雪。所以只要深雪沒進行重新生效的儀式，達也的封印將會一直處於解除狀態，不過「誓約」的解除始終定義為暫時性的效果，因此只要深雪沒有停止提供魔法力給「誓約」，封印就會逐漸增強，扔著不管會讓達也逐漸轉移到危險狀態。

達也的「質量爆散」，光靠津久葉冬歌的魔法力不足以壓制。因此，施加在達也身上的「誓約」增加了「使用深雪的魔法控制力束縛達也的魔法演算領域」這個條件。也就是達也與深雪被施加了兩層「誓約」。而且施加在深雪自己身上的「誓約」，也能使用她所擁有，以她的魔法力維持的「鑰匙」暫時解除。

依照這個「誓約」的系統，要是深雪停止提供魔法力給封印，魔法效力會在短時間內自然消滅。不過在這個場合，植入深雪深層意識的「提供魔法力給誓約」這個定義將會折磨她。

深雪說「會造成術士沉重的負擔」這句話，嚴格來說不正確。術士始終是冬歌。在這個場合受創的，是被迫提供魔法力給「誓約」的人，也就是被迫維持封印的受術者深雪。

「……妳想讓我成為萬全的狀態，我很高興妳有這份心。不過既然這樣，只要暫時解除就夠了。沒必要背負風險解除誓約這個『詛咒』本身。」

「不，哥哥。深雪已經無法忍受了。無法忍受我成為哥哥枷鎖的事實。無法忍受我害得哥哥甘願受到束縛的事實。」

深雪的遣詞用句，回到除夕以前的風格。

如深雪自己所說，她心情上已經無法忍受。

嘴裡說要將達也視為本家的一分子接納，必要時卻輕易拋棄的四葉家，深雪無法忍受。

確實從四葉家那裡得到了情報，但是這又如何？能夠應付即將襲擊而來的災難，情報才首度具備意義。這次四葉家所做的事情，舉例來說就是通知飛彈即將命中你的城市，卻表示無法提供迎擊用的手段。

達也確實不是無力的平民百姓。他擁有抵抗的手段，擁有力量。即使如此，一己之力還是有其極限。

四葉家肯定有能力援助達也。

「不可侵犯之禁忌」可不是浪得虛名。

肯定有能力對抗國家。

即使如此，卻要求達也套著枷鎖獨力戰鬥，過於殘酷的這種態度令深雪打從心底憤怒。

我受夠了。

這是深雪最真實的想法。

「要是姨母大人，要求哥哥以自己的力量保護自己……」

深雪比無雲夜空還要深邃的漆黑雙眼點燃無色火焰，正面注視達也。

「那我就要讓哥哥『隨時』都能發揮您自己『真正』的實力。」

深雪從椅子起身。

走到達也身旁，要解除達也的封印。

「——我知道了。」

達也說完也站了起來。

不過，他沒跪在深雪面前。

「既然這樣，我也做好覺悟吧——跟我來。」

達也說完背對深雪，進入別墅。

「啊，好的。」

深雪覺得自己的幹勁被輕盈帶過。

即使有種失望的心情，她依然跟在達也身後。

客廳裡，水波以及從休眠狀態回復的琵庫希正在待命。

「水波，和深雪一起沐浴。」

不禁想問「剛才的緊張感是怎樣？」的意外指示，使得深雪默默睜大雙眼。

「一起……嗎？」

水波滿臉困惑，回以就某方面來說理所當然的這個問題。

「對。浴室很寬敞，足夠兩人一起洗。好好幫深雪洗乾淨。不過只有今天，要避免使用有味道的物品。」

「這樣啊……」

「深雪的換洗衣物，我會派琵庫希準備。」

「……換句話說，深雪大人要穿您準備的衣物吧？」

「沒錯。」

「遵命，達也大人。深雪大人，不好意思，請容屬下為您刷背。」

水波完全不知道達也為何做出這種指示。

不過命令就是命令。

而且，照顧深雪也如水波所願。平常總是被深雪拒絕，不過今天就以達也的吩咐當擋箭牌，讓她乖乖接受我的「服務」吧——

水波抓準這個大好機會，帶著跟不上話題的深雪進入浴室。

水波盡情「照料」之後，將深雪放進浴缸，然後自己迅速洗完澡。深雪看起來有點疲累，但水波享受這段充實的時光之後，和她一起走出浴室。

準備在浴室門外的服裝，是深雪與水波都沒料想到的類型。

「水波，這是……白衣對吧……？」

「是白衣吧……」

深雪拿起來攤開的衣服，是神社巫女穿的白色上衣。

「……這件好像是緋袴。」

「……好像是。」

摺好擺在一旁的，則是堪稱巫女服象徵的紅色裙褲。

「看來沒有內衣與腰帶……意思是要直接穿白衣嗎？」

「如果直接照字面解釋達也大人的吩咐，應該是這樣沒錯。」

「說得也是。」

深雪一臉「迫不得已」的表情穿上白色上衣。布料的觸感比想像中柔軟，穿起來很舒服。

接著穿上緋袴。穿起來的感覺像是及踝長裙，沒穿內衣褲總覺得好害羞。

兩人走出更衣間之後，輪到達也入浴。

兩人在達也洗澡的時候吹乾頭髮。

深雪的長髮需要花時間吹乾。尤其達也這次要求「避免使用有味道的物品」。頭髮整理好的時候，達也洗完澡了。

「深雪，可以嗎？」

「好的，請進。」

深雪從鏡子前面站起來，轉身看向房門。

開門入內的達也，是白色上衣加白色褲裙的服裝。沒有特別加入任何花紋，完全素色的白。

「深雪，跟我來。水波可以休息了。」

達也再度毫無說明就轉身背對。

深雪轉頭和水波相視，然後獨自跟在達也身後。

達也帶深雪來到的房間是和室。

榻榻米上鋪著正方形的紅色地毯，四角放置鹽錐。

紅色地毯中央是叫做「三方」的白木方盤。方盤上面擺著一個白色瓶子以及兩個白磁酒杯。

達也雙腿跪坐在方盤前面。

「深雪也坐吧。」

在達也催促之下，深雪隔著方盤和達也相對而坐。

「我來說明『誓約』的性質。」

突然聽到達也如此告知，深雪的背挺得更直。

「津久葉家的『誓約』術式，如果不是從效果，而是從構造來說明，就是讓對方使用術士想要的魔法，讓對方使用操作自我精神的魔法。也可以說是介入魔法發動程序的魔法。因此，如果對方不是魔法師，效果就不好。」

深雪點頭表示理解。

「由於性質上是介入魔法發動程序，所以『誓約』設置在意識深層的『鬧門』附近。這個系統可以說近似『鬧門監控』。」

「哥哥研發的那個『鬧門監控』嗎？」

「沒錯。『誓約』是讓對方使用魔法的術式，『鬧門監控』是不讓對方使用魔法的術式。系統相似或許也是理所當然。」

深雪再度點頭。

「因此，應用『鬧門監控』肯定可以消除『誓約』。」

達也從方盤拿起酒杯，將其中一個遞給深雪。

深雪困惑接過酒杯。

達也以空出來的手打開瓶蓋，拿起瓶子，瓶口朝向深雪。

「那……那個……？」

「不是酒，所以放心吧。」

深雪之所以有點不知所措，並非因為誤以為達也要她喝酒。是因為她認為這像是日式婚禮的三三九度儀式。

如果是三三九度儀式，應該要準備大中小三個酒杯，不過場中氣氛一模一樣。

深雪戰戰兢兢遞出酒杯。

達也朝酒杯倒入透明液體。

深雪將臉湊向酒杯。

完全沒味道。

她做好覺悟，一口喝光杯裡的液體——露出微妙的表情。

因為完全沒味道。

「哥哥……這是？」

「高純度的水。因為容器與室內環境的問題，所以沒能達到超純水的標準，不過雜質已經去除到近似的水準。」

達也將瓶子遞給深雪。

深雪接過瓶子，為達也的酒杯倒水。

「請問……這是『水杯』的意思嗎？」

水杯意味著「離別」。

深雪的聲音微微顫抖。不只是聲音，抱著瓶子的的雙手也是。

「不，妳錯了。如果是這樣，我不可能費工夫使用純水吧？」

達也喝光酒杯裡的純水，如此回應。

「說得……也是……」

深雪的顫抖停止了。

達也將酒杯放回方盤。

深雪也跟著做，依序將瓶子與酒杯放在方盤上。

「剛才是淨身儀式。不過當然是象徵性的意義。攝取純粹的物質，提高身心的純度。若要符合『對身體無害的飲食物』這個條件，水最方便取得。」

達也將方盤挪到旁邊。

達也與深雪之間沒有任何物體遮蔽。

「為了干涉設置在意識最深層的『誓約』，這邊也『必須以很深的層級相互接觸』。」

「哥哥……？」

這是開玩笑吧？深雪想這麼問。

「怎麼了？」

「——！」

達也以認真無比的眼神回應，使得深雪意識一片空白，眼角與臉頰染成鮮紅色。

「那……那個……可以的話我希望，『第一次』，最好是在床上……」

深雪別過頭去，邊以全身表現嬌羞的樣子，邊以細如蚊鳴的聲音要求。

達也表情凍結。一臉完全出乎意料的模樣。

「……對不起！」

達也猛然磕頭道歉。

「……那個，哥哥？」

深雪戰戰兢兢將頭轉回來，呼叫達也。

「我講得太籠統害妳誤會了，希望妳原諒我。」

達也抬起頭，和深雪四目相對。

雖然極為罕見，但達也眼中也浮現羞恥的神色。

「我剛才說的深層接觸，是精神上的接觸……以這次的狀況，肉體的交合……會分散精氣，反倒會成為阻礙。」

達也這番話需要一秒才能滲入深雪內心。

經過這一秒之後，深雪立刻雙手掩面，起身想從達也面前逃離。

達也迅速伸手，抓住深雪的上臂留下她。

「請放手！哥哥，求求您！」

「是我的錯！所以拜託冷靜！」

要是這時候鬆手，這件事肯定會拖很久……在這種預感的驅使之下，達也拚命安撫深雪。

達也的說服沒有白費，深雪在十分鐘內回復鎮靜。

「……非常抱歉，讓您見笑了……」

「不，我才應該道歉。」

達也與深雪相互凝視。

剛開始，彼此都是害羞的表情。

然後，視線終於變得嚴肅。

「哥哥，開始吧。」

起頭的是深雪。

「嗯，開始吧。」

達也慢慢接近深雪。

兩人接近到膝蓋互觸的距離，再度相互凝視。

「我來說明術式。」

「好的。」

「解除封印之後，妳會停止提供魔法力給『誓約』。」

「是。」

「『誓約』術式將提升活性，要求履行提供魔法力的契約。躲藏在意識深層的魔法主體就變得可以觀測。」

「是。」

「在這個時候，以我的『閘門監控』狙擊。術式和意識混合的狀態下，沒有精神干涉系魔法天賦的我無法出手，但如果是魔法式外露的狀態，我就可以分解。」

「好的。哥哥，交由您處理。」

深雪正面承受達也的視線點點頭，微微起身。

雙手放在達也雙肩支撐身體，嘴唇貼上他的額頭。

想子光迸發了。

在席捲室內的想子暴風中，深雪的手放鬆力氣。

達也穩穩抱住深雪的身體。

只隔著白衣的單薄布料，深雪身體的柔軟與溫度傳達給達也。

不過，感受著深雪身體的他不為所動。

達也將氣喘吁吁的深雪穩穩抱在懷裡。

他的「眼」朝向深雪內側。

達也集中意識。

精神原本不是他的「眼」可及的領域。

過度集中導致精神像是要燒斷。達也忍受這份痛苦，以「眼」注視本應「看」不見的東西。

精神是「看」不見的。不過，想子情報體——魔法是「看」得見的。

達也尋找躲在深雪內側卻不屬於她所有的魔法，終於找到了。

他的「精靈之眼」，瞄準抬起頭的「誓約」魔法式。

達也發動「鬧門監控」。

他這個魔法是以魔法師的「閘門」（從無意識領域發射魔法式的出口）為目標的術式解散。

術式解散是分解想子情報體本身的魔法，堪稱所有魔法的天敵。

即使是對精神產生作用的魔法，主體也不是以靈子構成的情報體，而是想子情報體。抵抗不了「術式解散」。

要求履行契約而外露的「誓約」，因為露出主體，而被達也的魔法消除。

就這樣，達也獲得自由。

[9]

星期日早晨。

克人依照約定，自己開車到七草家接真由美。

克人的車很氣派。體積、馬力與堅固度都首屈一指。

真由美一臉傻眼的表情，看著似乎可以直接開往中亞戰亂地帶的這輛車。

「十文字，這是國防軍汰換下來的車？」

「是普通的市售車。」

這輛ＳＵＶ確實不是訂製車，也不是全客製化的改造車。是叫做特規車，將原始版本性能調升的少量生產版本，卻是貨真價實的市售車——即使原本的設計就是軍用車的降階版。

克人一抵達就遭受這種不當的質疑，不過其實他才想問真由美一件事。

「不提這個，七草，我沒聽說渡邊會來啊？」

記得上個月也問過類似問題的克人，視線比以往稍微銳利。

真由美身旁的摩利，一副「多說她幾句」的表情頻頻點頭。

真由美露出令人想說「這正是範本！」的敷衍笑容。

「總之沒關係吧？摩利也擔心學弟吧？」

「喂！別講得好像是我主動參加！」

真由美的責任轉嫁達到灑脫的程度，冷不防被這麼說的摩利大聲反駁。

不過，如果稍微抗議就能推翻前言，就不會說這種輕易被看透的謊吧。

「又來了～～摩利真是的，居然在害臊。」

「妳啊……」

全力裝老實的真由美，使得摩利無言以對。

「別講這種事了，出發吧！因為時間有限！」

真由美趁機強行推動事情進行。

「也對……」

今天沒有其他的行程，不過像這樣爭辯確實只是浪費時間。如此心想的克人回到駕駛座。

真由美露出興高采烈的表情鑽進後座。

摩利一臉死心地跟在真由美後面上車。

◇◇◇

真由美就像這樣意氣風發地出發前往伊豆，但是抵達當地之後，她的心情早早就跌落谷底。

「我拒絕。」

這句話是達也說的。

說話的對象，是在別墅會客室坐在達也正對面的克人。

深雪坐在達也身旁，以完全無從窺探內心的表情，面向坐在克人身旁的真由美。

真由美從剛才就懾於深雪的視線，處於連客套笑容都裝不太出來的狀態。

「為什麼？」

克人沉重的聲音是對達也發出的，但是真由美不禁差點離開椅子。

面對此等魄力，不只是達也，深雪看起來也完全不為所動。

「我反倒想問，十文字學長為什麼認為我應該參加狄俄涅計畫？」

達也拒絕的要求，是克人希望達也參加ＵＳＮＡ的狄俄涅計畫。

「司波，我兩年前對你說過，你應該成為十師族。」

「嗯，我記得。」

「十師族是由九島宗師設立，做為這個國家魔法師互助系統的一環。」

「與其說是一環，我認為應該是互助系統的管理者……但我也理解這一點。」

「我認為擁有強大力量的人，擁有優秀力量的人，身上會產生相應的責任。」

達也沒附和，等待克人說下去。

「魔法師大多沒有什麼了不起的能力。即使只看暴力這一點，大部分的魔法師也敵不過沒有魔法，卻以武術或格鬥技鍛鍊的普通市民。」

「但我認為這是程度上的差異。而且魔法師只要沒任職於軍界或警界，同樣是普通市民。」

「講這種詭辯……」

隔著克人坐在真由美另一邊的摩利傻眼低語。

但是達也無視於這個說法。克人也沒在意。

「不過，不是魔法師的人，把魔法師當成另一個種族。不只是這個國家，看現在世界各地發生的事件就可以知道這一點。」

「並不是所有人都這麼想，不過這件事暫且放在一旁吧。」

達也以眼神催促克人說下去。

「把魔法師視為不同於人類的種族，這種想法我絲毫不想贊同。不過，魔法師在人類之中是少數派，我們也不能忘記這個事實。魔法師非得互助合作。基於這個意義，我認為宗師創立的十

「如果互助合作，不會造成魔法師蔑視與排斥無法使用魔法者，那我也認為這是正確的。」

「……意思魔法師自詡是菁英階級，瞧不起無法使用魔法的人？」

摩利從克人身旁以「這是你想太多吧」的語氣詢問。

「這種事在將來並非不可能。」

這次達也沒有無視於摩利的發言。

「司波，你應該也成為十師族，向同為魔法師的人們伸出援手。」

克人同時無視於摩利的詢問與達也的回答。

「十文字家的當家大人。恕我冒昧，達也大人是四葉家當家的親人。」

深雪首度插話。

此外昨晚儀式結束後和達也討論完，深雪決定對外固定以「未婚夫」與「達也大人」叫他。

「四葉家的下任當家閣下，這我明白。但我認為十師族是職責，不是血統。」

克人將視線從深雪移回達也。

「擁有強大能力的魔法師，應該協助弱小的魔法師。現在的輿論一天天將魔法師逼入絕境。甚至公然說起毫無根據的毀謗，宣稱戰爭爆發都是因為魔法師的存在。」

克人說到這裡停頓，觀察達也的反應。

看到達也表情完全不為所動，克人繼續說下去。

「關於那個戰術級魔法，我不想抨擊你。因為這樣完全是弄錯對象。」

這裡提到的戰術級魔法，是武裝游擊隊的少女在中亞使用的「動態空中機雷」。

這個事件造成九校戰中止，對於魔法科高中生來說激起一大漣漪，不過達也從一開始就絲毫沒有罪惡感，所以連眉頭都不皺一下。

克人對此覺得計算有點出錯，繼續說下去。

「不過這次，若你參加狄俄涅計畫，就可以廣為宣傳魔法並不是只為了戰爭而存在。新蘇聯表明參加計畫之後，日本慢半拍將魔法利用在和平領域的負面形象逐漸傳開。我不能坐視國內魔法師遭受的誹謗中傷繼續惡化，必須採取有效的對策。」

「我可以理解十文字大人的擔憂，不過為什麼是達也大人？魔法大學也有老師是國際上的權威吧？」

深雪的指摘，克人沒能回答。

別把國家層級的問題硬塞給一個高中生。這個中肯的論點，克人也懂。

即使如此，他還是基於十師族當家的使命感準備回答。

「因為啊，深雪學妹……」

不過，真由美像是搶先克人般開口。

不能讓克人繼續獨自承擔下去，至少由我來應付深雪。真由美基於想法而搶話。
「達也學弟就是艾德華·克拉克指名的托拉斯·西爾弗。」
「什麼？」
對於真由美這句話產生最強烈反應的是摩利。
深雪只有微微皺眉。
達也臉部的表情肌肉動也不動。
「假設……」
深雪靜靜提出反駁。
「達也大人是托拉斯·西爾弗，那又怎麼樣呢？」
「咦……？」
深雪出乎意料的這句話，使得真由美露出愣住的表情。
「即使達也大人是托拉斯·西爾弗，他是未成年高中生的事實也沒變喔。」
深雪以這番話逼得真由美沉默。
「只不過，四葉家不打算承認達也大人是托拉斯·西爾弗就是了。」
而且進一步補充這句話。
這句話暗示如果有人斷定托拉斯·西爾弗的真實身分是達也，可能會和四葉家全面對決。

深雪擁有同時和七草家與十文字家為敵的覺悟。

真由美沒有點燃七草家和四葉家全面抗爭戰火的覺悟。

這就是兩人在這個場合的差異。

「司波。」

打破膠著空氣的，果然是克人的聲音。

「參加該計畫的邀請，你始終不接受？」

「無法接受。那個計畫有內幕。」

「意思是你有正當理由，不惜把這個國家的魔法師逼入困境？」

「您可以這麼解釋。」

達也與克人的視線交鋒，迸出火花。

「知道了……雖然不想動用這種手段，但是情非得已。」

克人站了起來。

「司波，出來『談談』。」

達也站了起來，注視克人雙眼。

「十文字『克人』，你是認真的？」

嚥下悲鳴的，不知道是真由美還是摩利。

開始飄出寒氣。

源頭不是深雪。

是達也釋放的鋼鐵寒氣。

「狀況已經沒有讓步的餘地。你沒有拒絕的權利。」

咬緊牙關的呻吟，不知道來自深雪還是水波。

克人身軀釋放出如同將地球重力增幅好幾倍的沉重壓力。

「好吧。」

達也完全拋棄學長學弟的禮節。

「琵庫希，拿CAD給我。」

「遵命，主人。」

琵庫希遵照達也的命令，拿著CAD的盒子走過來。

「我先出去了。」

克人背對達也踏出腳步。

內心完全沒有從背後遭到偷襲的恐懼。

水波連忙跑去打開玄關的門。

「七草學姊、渡邊學姊。」

達也稍微放鬆語氣。

兩人擺脫了無形的束縛。

「兩位也要準備吧?請先出去吧。」

「我們去幫十文字，你也不在意嗎……?」

「事到如今還這麼問?」

達也冰冷駁斥真由美的詢問。

「真了不起的自信。你會後悔哦?」

「成為什麼樣的結果，我都不會後悔。」

即使摩利出言挑釁，達也依然不改態度。

「……摩利，我們走吧。」

真由美起身催促摩利。

「嗯……達也學弟，別忘記你說的話啊。」

摩利放話之後，和真由美一起追著克人離開。

克人等三人，聚集在ＳＵＶ前面等待達也。

達也帶著深雪與水波走出別墅。

達也走向克人，就這麼從他前面經過。

「跟我來。在這裡會傷到別墅。」

擦身而過時，達也對克人這麼說。

深雪、水波依序通過之後，克人隔一段距離跟在他們身後。

真由美與摩利連忙跟著克人走。

◇　◇　◇

某人躲在樹木後方，觀察達也與克人的動向。

這名男性確認最後面的摩利走夠遠之後，將手錶湊到嘴邊。

「這裡是鼠。司波達也走出別墅了。看來要前往已經封閉的高爾夫球場。」

這支手錶錶帶的一部分，是通訊機的收音器。

『這裡是豬，收到。停止監視，和主隊會合。』

平光眼鏡鏡架內藏的骨傳導耳機，傳來通訊對象的回應。

「不用確認目的地沒關係嗎？」

『封閉的高爾夫球場那邊有猴，分歧方向有雞負責監視。不必冒險跟蹤。』

「這裡是鼠，收到。」

使用「鼠」這個代號的男性，是隸屬於陸軍情報部特務課的諜報員。今天預定襲擊達也的部隊，主要是由遠山司所屬的防諜課組成，不過特務課也派出監視員，以免在山上跟丟達也。

鼠前幾天犯下一個過失，某名「少女」造訪達也時的偷拍檔案損毀。這事件的結論是機械故障，所以沒追究鼠本人的責任。

不過，對於在這個世界「苟活」十年以上的鼠來說，這是相當無奈的事件。

接觸司波達也的「清純少女」正確面貌雖然已經帶回總部，但是肖像畫和照片檔案不同，無法比對骨架揭發喬裝。實際上，那名沒有女人味，彷彿植物的美少女，至今還沒查出真實身分。

對於鼠來說，今天的任務是所謂的雪恥戰。說真的，他想繼續跟蹤到真正確定目的地。

不過，既然接到命令就沒辦法了。

他按照指示離開原地，和主隊會合。

沒察覺頭頂上方的監視。

◇◇◇

伊豆半島在上次的大戰中，有好幾座高爾夫球場被徵收做為對空陣地。大戰終結之後，這些球場應該都歸還原本的物主。不過將重新整修的成本與預期收益放在天秤的兩端，也有高爾夫球場被營運公司拒絕接收。

這些高爾夫球場在國家支付法定補償金之後成為國有地，但都只是撤走防空武器之後就這麼棄置不管。

達也帶克人來到的地方，就是這種封鎖的高爾夫球場之一。

「這裡就不必顧慮到房屋的損害。」

達也停下腳步，轉身告訴克人。

「在這種開闊的場所沒關係嗎？」

克人這個問題的意思，是「你在這種開闊的場所沒勝算喔」的挑釁。

「十文字『閣下』想要打輸的藉口？」

達也的反挑釁是常套句，不過看來有某種程度的效果。

「……好吧。司波，讓你先出招。」

克人在這麼說的同時架設魔法護壁，兩人的戰鬥拉開序幕。

克人這句話，是「破得了我的防禦就來試試看」的進一步挑釁。

相對的，達也沒有展露繼續脣槍舌戰的意願。

「如同魔法」這樣的形容方式，大概不適合這個場合吧。

達也的右手不知何時握著手槍造型的ＣＡＤ。

以快到看不見的速度，舉起銀鏃改造版「三尖戟」瞄準克人。

克人身邊反覆迸出強烈的閃光。

肉眼看不見的光。

不過，在場所有人都是優秀的魔法師。

沒人無法認知到想子光的爆發。

閃光合計發生十八次。

這是達也的攻擊次數。

而且，達也的攻擊連一次都沒命中克人的身體。

「領域干涉、情報強化、想子防禦牆嗎？」

「虧你看得出來……我個人很想對你這麼說，不過光是看穿沒辦法打倒我喔。」

達也這番話是要撼動克人心理，但他的意圖輕易被看破。

達也再度使出分解魔法。

想子防禦牆。正如其名，是將想子壓縮成高密度的牆，架設在自己周圍的魔法。

也可以視為「術式解體」的防壁版，不過和十三束的先天防禦不同，在壓縮想子的階段就會產生結構，所以能以達也的魔法分解。

不過，將想子防禦牆分解之後，緊接著是強力的領域干涉罩擋在前方。分解領域干涉力場之後，輪到情報強化盾高高舉起。

破解情報強化盾之後，又是想子防禦牆。領域干涉。以為接下來是情報強化，卻又是領域干涉。想子防禦牆。情報強化。領域干涉。情報強化。想子防禦牆。想子防禦牆。領域干涉。情報強化……

就像這樣，克人接連施展三種反魔法防禦手段。

不是同時施展，所以無法一次消除。

因為沒有規則性，所以也無法預先將複數的分解魔法整合起來施放。

如果是相同種類的魔法同時施展，達也可以在魔法層面視為相同目標物的處理。換句話說可以一次分解完畢。不只是魔法式或想子情報體，只要是構造單純的物體又具備相同性質，就可以將其視為一個「集合」，不是個別的物體，讓分解魔法對這個「集合」產生作用。

不過，克人的魔法護壁，是設定「已經架設的護壁崩毀」做為發動條件，接連生成後續的護壁。即使是達也，也無法分解還不存在的目標。

如果知道即將製造出來的是何種護壁，也可以預先破壞製作該護壁的構造物。然而擔任工廠職責的構造物本身，是每當現有的護壁損毀才會產生。若能一直維持和達也同等的速度，分解的速度就追不上生成的速度。

雖然早就知道，但達也的魔法對上防禦型連壁方陣處於壓倒性的劣勢。達也親身體驗到這個事實。

隨著護壁崩毀散發的想子閃光消失。

為了打破早早就束手無策的這個狀況，達也暫時中止攻擊。

緊接著，二次元的牆湧向達也。

物質無法穿透的牆毫不間斷打向目標，摧毀目標的魔法。

攻擊型連壁方陣。

這是已經發動完畢的魔法。

已經存在於該處的東西。

既然已經存在，就沒有達也無法分解的魔法式。

多達二十四層的魔法護壁，達也一招就完全消除。

「喔……」

克人輕聲感嘆，咧嘴一笑。

攻擊型連壁方陣對上達也的魔法處於致命的劣勢。克人一次就理解這一點，卻絲毫沒有慌張的樣子。

克人壓低重心。

達也的「精靈之眼」，看見克人的魔法演算領域朝四面八方射出強烈的想子光。

魔法演算領域的過度活化。

是上個月一条家當家——一条剛毅陷入過熱症狀的前兆。

是昔日奪走四葉家前當家——四葉元造生命的過熱症狀前兆。

（來了——！）

達也擺出迎擊架式。

克人的魁梧身軀起飛了。

不只是對抗魔法的護壁，克人還架設球狀反物資護壁，讓自己化為砲彈突擊。

達也左手往前伸直。

他的手掌射出高壓想子流。

術式解體。

包覆克人的反物資護壁消失，達也的魔法突破領域干涉，消除移動魔法。

然而，克人的身體還在空中，移動魔法與反物資護壁就復活。

不，是重新發動。

克人進逼而來。

即將撞上時，達也成功破壞反物資護壁——卻沒能讓移動魔法失效。

克人的肩撞攻擊。

達也以肩膀接這一招。

「達也大人！」

忍不住大喊的人不是深雪，是水波。

達也的身體被撞得老遠，落在雜草覆蓋的地面。

深雪緊閉嘴唇，目不轉睛注視達也。

達也主動翻身，搭配以「閃憶演算」發動的移動魔法，和克人大幅拉開距離。

克人沒有追擊。

彷彿表明自己的目的不是勝利，是讓達也屈服。

「連硬化魔法都用嗎？」

起身的達也低語。

達也剛才撞輸，是因為克人在自己外套肩膀部位發動硬化魔法。這是達也被撞飛才察覺的。

「沒道理不用吧？」

克人再度釋放剩餘想子光。

導致魔法演算領域過熱的過度活化。

達也知道，這是克人蓄意引發的。

十文字家的王牌——「超頻強化」。

將魔法演算領域的活動力提升到超越己身潛能，暫時增強魔法力的技術。

這是以魔法師生命為代價求勝的技術。

絕對不容許敗退的「首都最終防壁」植入身心的詛咒。

十文字家前任當家十文字和樹，因為屢次使用「超頻強化」而失去魔法。

克人目睹這一切。

即使如此，他依然使用這項技術要打倒達也——

克人貼著地面飛翔突擊過來，達也分解他的反物資護壁，朝側邊踏步躲開這一撞。

然而在完全擦身而過之前，反物資護壁包裹克人，迅速膨脹。

達也再度被撞飛。

克人逼近倒地滾動的達也。

克人踩下右腳。

他的鞋底，貼著配合鞋底形狀的反物資護壁。

達也勉強躲開克人這一踩。

然而，達也單腳跪地起身時，克人的直拳打向他。

在極近距離射出攻擊型連壁方陣。

達也消除這個魔法。

然而隨後接近過來的拳頭，包裹著反物資護壁與領域干涉。

領域干涉會妨礙術士以外的魔法發動。

防禦這一拳的達也手臂，朝著不自然的方向彎曲。

達也往後跳，減輕拳頭的威力。

腳碰觸到地面時，手臂的骨折已經變成沒發生過。

但是剛著地的時候，難以踩穩腳步再度跳躍。

如果有零點幾秒的時間應該躲得開。

然而，克人不容許這段短暫時間的存在。

克人的肩撞再度命中達也。

達也的身體飛了將近十公尺。

即使撞到自用車，應該也不會變成這樣吧。

恐怕是等同於被大卡車撞到的衝擊。

達也趴在地上。

他吐出的血飛濺在地面。

內臟肯定重創。

「達也學弟！」

哀號的人，是本應為敵的真由美。

深雪以左手緊握右手按在胸口，沒有從達也身上移開目光，默默承受這一切。

克人朝達也伸出右手。

「喂，住手！」

克人無視於摩利的叫喊，朝著依然趴倒在地的達也使出攻擊型連壁方陣。

連裝甲車都能壓扁的二次元護壁進逼達也。

然而，多達三十二層的護壁，在即將接觸達也的時候消失了。

「什麼……？」

克人沒想到達也還留有抵抗的能力，感到意外而發出聲音。

達也的手臂動了。

雙手按著地面，撐起上半身。

緩緩起身。

不只是嘴角沒有血痕，雜草覆蓋的地面上，血跡也消失無蹤。

「司波，這是你的『重組』嗎……」

克人也終究藏不住驚愕之意。

但他立刻重新振作，再度架設防禦型連壁方陣。

達也不發一語。

他的表情沒浮現任何情感。

徹底缺乏人類應有的味道。

達也的左手伸向克人。

這隻手握著手槍造型的ＣＡＤ。

不過，比起現在依然無力下垂的右手所拿的武器，形狀略顯不同。

ＣＡＤ的前端——槍口安裝像是椅子的物體。

約十五公分長的金屬椅子。

不知道是被哪種預感囚禁，克人躊躇於是否要突擊。

不是往前方，而是要往側邊跳。

不過，達也扣下扳機的速度比他快。

包括克人在內，沒人能以肉眼看出發生了什麼事。

只知道發動了某種魔法。

「嗚……！」

克人雙腳跪地。

「十文字？」

「十文字！」

真由美與摩利發出哀號。

克人以右手按住的左手臂，手肘的位置炭化，手肘以下的部位掉落在地面。

「你……做了什麼？」

達也不可能回答。明知如此，克人還是不得不這麼問。

究竟是什麼東西貫穿他的護壁？克人不得不問個清楚。

「重子槍。」

但是一反克人的預測，達也回答了。

「將槍尖分解為電子、質子與中子，讓質子吸收電子，釋放中子束的對人魔法。」

「居然是中子砲……這是國際魔法協會禁止的輻射污染武器啊！」

克人咬緊牙關忍受痛楚，批判達也。

「不會造成輻射污染。不會殘留放射性廢棄物。只會留下『攻擊完畢』的事實，用來攻擊的中子會悉數『復原』。」

「重組嗎……」

「沒錯。」

達也再度將槍尖朝向克人。

這次是瞄準克人的心臟。

「十文字閣下，請投降。」

「唔……」

「你的『連壁方陣』擋不住我的『重子槍』。你肯定已經理解這一點。」

達也之所以進行「重子槍」的說明，是為了勸告克人投降。

「十文字！」

真由美操作ＣＡＤ。

然而，啟動式在輸出的過程中「凍結」了。

「是深雪學妹？」

真由美犀利瞪向深雪。

「對抗魔法『術式凍結』。七草學姊，您的ＣＡＤ無法使用喔。」

深雪以甚至感覺得到慈愛的平穩表情，靜靜宣布。

「既然這樣！」

如今CAD是魔法師的必需品，卻不是發動魔法必備的工具。
到頭來，現代魔法是從「只憑意念就能扭曲現實的超能力」發展而成。
魔法力強的魔法師，如果是使用熟練的拿手魔法，即使沒有CAD也能使用。
只是發動魔法需要比較長的時間，並且需要自我暗示用的「咒語」，促使魔法演算領域建構魔法式。
「Set：熵減少，密度操作，相位轉移，凝結，能量形態變換，加速，昇華：Entry！進行事象改寫！魔法名：『乾雹流星』！」
這是現代魔法風格的咒語。
雖然是英日語混合，但是和語言種類無關。
只要能將概念明確化為言語輸入到自身，甚至不必發出聲音。
不過，在敵人面前需要這麼花費這麼大的工夫。等於在這段時間會露出破綻百出的模樣。
現代魔法捨棄咒語選擇CAD，就是為了避免這種狀況。不過，真由美唸咒語的這段時間，深雪沒攻擊。
因為沒這個必要。
真由美的「乾雹流星」沒發動。
「領域干涉……這是何等強度……」

「禁止出手。不准妨礙達也大人。」

深雪朝著呻吟的真由美宣言。

摩利默默蹬地往前衝。

她的手中，握著不知道藏在哪裡的戰鬥刀。

大概是因為無法使用魔法，就試著以物理武器剝奪深雪的戰力吧。

這個想法是對的。

前提在於深雪只有自己一人。

前提在於水波正如外表只是普通少女。

水波擋在摩利面前。

手槍的槍口朝向摩利。

「渡邊大人，請收起您的武器。」

即使在這種時候，水波的遣詞用句依然恭敬。

摩利「唔」地咬緊牙關。

對於魔法師來說，手槍是威脅。何況現在是因為深雪的領域干涉而無法使用魔法的狀態。

水波架起手槍的動作明顯很熟練，沒有可乘之機。

摩利沒說水波卑鄙。自己只準備刀子，這名後輩少女暗藏手槍。是自己太天真了。摩利的矜持不允許自己不去正視這一點。

「十文字！不管暗藏什麼玄機，終究是中子束！你的中子護罩肯定擋得住！」

相對的，摩利為克人加油打氣，要他別放棄。

但是克人就這麼跪著不動。

「很抱歉，中子護罩擋不住我的『重子槍』。」

「你說什麼？」

摩利問。

「十文字，他在虛張聲勢！中子護罩是已經完整的技術，可以完全擋住中子束！」

接著真由美大喊。

對於這個反駁，達也說出「正因如此才擋不住」這個不明就裡的回答。

不，這時候應該形容為「說出對真由美與摩利來說不明就裡的回答」。

因為，克人理解達也這番話的意思。

中子束的貫穿力極強。

物質特性就這麼反映在情報上，所以中子的情報體寫入「貫穿力很強」這個情報。

魔法是透過情報干涉事象的技術。

情報層面也是「貫穿力極強」的中子束，很難以魔法阻絕。因為被定義為「難以阻絕」。

不過到頭來，現代魔法黎明期的第一目標，是要防止核分裂帶來的災難。

阻絕中子束，是現代魔法無法迴避的課題。

許多研究資源，投注在研究如何魔法阻絕中子束。

結果誕生的就是中子護罩。

只用來阻絕中子束的完美魔法。

魔法師阻絕中子束的時候，無法使用中子護罩以外的魔法。

因為這是唯一能阻絕中子束的完美魔法。

既然完美的魔法已經問世，就沒有魔法研究者摸索其他術式，最重要的是沒有其他術式成功阻絕中子束的例子。

即使是十文字家的魔法師也不例外。

「連壁方陣」包含的各式各樣魔法護壁之中，阻絕中子束的中子護罩只有一種。

而且，既然預先知道會使用何種術式，就沒有達也無法分解的魔法。

「重子槍」包含三個程序。將槍尖轉換為中子束發射的程序，將槍尖重組的程序，以及分解中子護罩的程序。

即使以領域干涉防禦也一樣。讓領域干涉失效的同時，中子護罩也會被分解。而且中子束會在這一瞬間抵達目標。

剛才克人並不是沒有架設中子護罩。防禦型連壁方陣是「能夠應付各種攻擊」的魔法防禦。在防禦高速質量體、液體噴灑、氣體滲透、音波、電磁波、重力波以及想子波的同時，也加入防堵中子束的護壁。

達也的「重子槍」貫穿了這道防禦。

達也與克人都知道，重複同樣的事情也只會出現同樣的結果。

「……我輸了。」

「十文字？」

「十文字！」

克人承受著真由美與摩利的哀號起身，舉起僅存的右手表示投降。

◇ ◇ ◇

以望遠鏡監視兩人的激戰，代號「猴」的這名情報部人員，對於戰鬥結果大吃一驚。

情報部預測兩人激烈交鋒之後會是克人勝利，而且企圖在達也戰敗而變弱的時候抓走。

他連忙開啟通訊機。他害怕待機電波被偵測到，所以關閉電源。之所以刻意採用如今復古的純光學望遠鏡，也是謹慎避免對方發現監視。

即使開啟通訊機，也不會粗心發出聲音回報，只送出預先決定的訊號。很快就收到回應。

採取強攻策略。

他心情上想要撤退。他好歹也是魔法師，但是看到剛才的戰鬥，士氣完全消退。認為那不是己方能夠出手的水準。

「猴」隸屬於特務課。同樣是情報部的單位，卻不像防諜課那麼信任十山家的魔法。十山家不是十師族，他不認為十山家的魔法能對「那個」四葉的魔法師管用。

不過，命令就是命令。「猴」半彎著腰起身，準備和主隊會合。

至少沒被命令狙擊那個「怪物」就好。他如此安慰自己。

他慎重後退，在達也等人的身影被擋在樹後時，整個人轉過身去。

這一瞬間，色彩的洪水灌入他的眼睛。如同測試人類的色覺，帶著各種色彩的光之粒子填滿整個視野躍動。

他的意識，就像是要逃離這些引人發狂的光輝，落入黑暗。

◇◇◇

達也與克人面對面。

克人的左手臂，已經以達也的「重組」復原。

「司波，你要怎麼處置我？」

克人詢問投降的條件。

「請你就這麼空手而返，再也不要提相同的事。」

達也的條件只有這些。

「——這樣啊。」

克人認為這是妥當的條件。戰敗的自己無從提出異議。

「司波。正如我剛才也說過的，狀況已經達到無法猶豫的程度。」

但是只有這件事，他不得不說。

「即使會惹得四葉家不高興，魔法協會也會公開你是托拉斯·西爾弗的事實吧。這麼一來，輿論將會逼你參加計畫。」

達也不發一語。他明白克人並不是在提「相同的事」。

「如果你就算這樣依然拒絕參加計畫，你在日本魔法界……不對，在這個國家將沒有容身之處。四葉閣下肯定也無法徹底袒護。」

「即使變成這樣，我也無法參加狄俄涅計畫。」

達也的聲音沒有迷惘。

「為什麼？」

真由美像是打從心底無法理解般大喊。

「為什麼要這麼堅定拒絕？美國並不是要你當白老鼠或是做白工啊！就某方面來說，你是以日本代表的名譽受邀參加國際計畫。『狄俄涅計畫』本身，也是要解決阻擋人類未來的困難啊！絕對不是不惜被全日本孤立也要拒絕的事情才對！」

「因為將魔法利用在和平領域的利益，應該由魔法師自己享受。」

達也回答真由美的語氣，和他對克人使用的語氣相同。

這種強勢的說法，使得真由美畏縮。

「……什麼意思？」

摩利代替語塞的真由美詢問。

「『狄俄涅計畫』背地裡有別的意圖。」

「什麼？」

「將金星環境地球化是表面上的意圖。背地裡的意圖，是將妨礙他們的魔法師逐出地球。」

「……怎麼回事？達也學弟，你究竟在說什麼……？」

真由美以困惑至極的表情問。

「關於『狄俄涅計畫』的內涵，我愈是思考，愈是確信：這個計畫主要是為了達成背地裡的意圖。」

「說明一下吧。」

達也回應克人的要求。

「『狄俄涅計畫』在實行階段，必須在金星衛星軌道、小行星帶、木星上空、木星的衛星木衛四等處部署許多魔法師。考慮到現在的太空飛行技術，一旦接下這份工作，大概長時間無法回到地球吧。即使會換班，只要在地球休養完畢就會立刻被派回崗位。」

「再怎麼說也不可能這樣……」

「滿足計畫必須條件的魔法師，相較於計畫要求的人數就是這麼少。」

真由美的反駁，達也一句話就駁回。

「在計畫實行階段投入的魔法師，會為了人類的未來而成為活祭品。將魔法師當成工具利用的構圖，相較於將魔法師當成武器的壓榨現狀，一點都沒有改變。」

◇　◇　◇

接到監視達也與克人之戰的特務課員回報之後，情報部的達也綁架部隊出動襲擊。

部隊成員也包括遠山司。克人的敗北令她受到打擊，但她沒顯露在臉上。

司的直覺對她低語，要她中止作戰並且撤退。

但本次的作戰是情報部副部長指示進行的。她沒有權限決定中止。

（看來克人先生也沒有失去戰鬥能力……七草家的大小姐，有必要的話應該也會協助。）

司以這種安慰的話語瞞騙自己，和其他襲擊隊員一起無聲無息地前進。

目的地是達也所在的封閉高爾夫球場。

司他們不是利用道路，而是從環繞高爾夫球場的山丘暗處接近。

越過這個山丘，終於就能以肉眼看見目標對象。戰鬥將在這一瞬間開始。

就在眾人緊繃精神，踏入樹木蒼翠繁茂的斜坡時……

這一剎那，情報部人員的眼前，出現色彩混沌的洪水。

乍看似乎胡亂閃爍的光之粒子，描繪著強迫人類入睡的色調。

襲擊部隊半數成員的意識被剝奪。剩下的半數是司緊急設置個人魔法護壁消除光魔法，好不容易倖免於難。

受命指揮本次襲擊的少尉，接連呼籲眾人重整態勢。但襲擊部隊各小隊三十多名成員之中，還健在的不到二十人。三名分隊長只有一人站著。指揮系統瓦解造成部隊混亂。

她趁機襲擊。

突然從斜坡上方殺過來的嬌小人影。

不，「嬌小」是錯覺。

是身高達到女性平均標準的少女。

一轉眼就殺向帶頭的士兵，即使樹枝妨礙也不在乎，鑽過縫隙高舉反射銀光的武器揮下。

她的武器是刀。

刀身狠狠砍在司設置的個人護盾之後停止。

然而，本應沒被砍中的士兵，雙腿一軟倒地。

（剛才的催眠魔法！）

剛才引導部隊半數隊員入睡的光魔法，趁著護盾切換成反物資防禦的時間點襲擊己方士兵。

就這麼中了對方的道，使得司不禁慌張。

但是指揮官少尉沒理解這種伎倆。這反倒使他下決定時沒有猶豫。

「開火！」

少尉一聲令下，突擊步槍的槍口朝向少女。

但在子彈發射之前，高大的男性擋在前面保護少女。

槍聲響起。

子彈幾乎都命中男性身體。

然而，男性沒倒下。

也沒流血。

子彈在男性面前散落。

「高威力步槍隊！」

少尉的聲音接近哀號。即使如此，他的判斷依然精確。

突擊步槍的槍口被撥開，四名士兵抱著對付魔法師用的可攜型武器——高威力步槍向前。

雷聲轟然作響。

不是高威力步槍的槍聲，也不是真正的打雷。只有轟聲震撼空氣。

司的個人護罩也適用於音波攻擊。沒有士兵因為剛才的轟聲受到重創。

但是，命令被妨礙了。高威力步槍的扳機，就這麼沒有扣下。

雷鳴並非一次就停止。如同古代畫作裡雷神打響的太鼓，一次又一次撼動空氣，甚至撼動身體。

因此，士兵們沒察覺震動的不只是空氣。

突然間，地面裂開。

裂縫縱橫延伸。

樹根外露的樹木傾斜。

裂縫不算深，卻足以促使士兵亂了手腳。

「撤退！退到樹林外面避難！」

少尉下令的這一瞬間，雷鳴不知為何停止了。

情報部人員鮮少在野外進行集團戰鬥。活動區域大多是市區。演變成槍戰的場合，也是單獨或是較少人數應戰。他們奔跑撤退時沒有秩序可言。

地面的草纏住他們的腳。他們大概會覺得是草主動纏住他們吧。數人被絆倒。

司沒能完全掌握這個混亂的狀態。以雙腳站穩持續撤退的己方位置在掌握之中，但是跌倒從視野消失的士兵座標就找不到了。

從認知範圍消失的同時，司設置的個人護罩也會消失。

雷電打在這些人身上。

即使在蒼翠繁茂的樹林裡也一樣。

雷電不是從天空，是從樹木之間射出。

鑽出樹林的士兵們面臨的境遇，可以說比被雷打中的同僚好一點吧。不過淒慘程度或許勝過他們。

捕捉用的網彈，從他們的頭上襲擊而來。

射了好幾發，如同不讓情報部所有成員逃走。

唯一留在樹林裡的司，看著這幅光景咬住嘴唇。

她的個人用魔法護壁，無論是子彈、炸彈或毒氣都無法通過。但是以護壁保護的對象，並不會得到超人的身體能力。

要是連同護壁被抓進網子裡，就無法逃走或抵抗。鎮壓暴徒用的網彈居然是成為自己魔法的天敵，司想都沒想過這種事。

「那麼，剩下妳一人了。」

少女劍士——千葉艾莉卡，在刀的攻擊間距內對司這麼說。

司早就知道她進逼過來，也知道自己的退路已經被封鎖。

「是千葉艾莉卡小姐？」

「嗯，沒錯。」

艾莉卡簡潔地只回答這幾個字。

不像司猜測的那樣多嘴多舌。

「我是國防陸軍士官長，遠山司。」

「啊，是喔。」

艾莉卡興趣缺缺的態度，是發自內心還是裝出來的？司想要看透卻沒能如意。

「千葉艾莉卡小姐，我們正在執行任務。」

司決定無視於朝向自己的刀，先以三寸不爛之舌進攻。

「這樣啊，所以呢？」

「對於妨礙任務的妳，我光是稍微想一下，就有施暴、傷害、妨礙公務、違反槍炮刀械法等這麼多罪狀可以成立。」

艾莉卡就這麼看著司，深深嘆了口氣。

「你們啊，稍微學習一下好嗎？」

艾莉卡一點都沒有畏縮的樣子。

「什麼意思？」

「即使是國防軍的官兵，要將武器帶出基地或是演習場，也需要提出申請獲得許可。你們未經申請就隨身攜帶認可範圍以外的槍枝，違反槍炮刀械法的是你們才對。」

「……妳明明是高中生，卻很清楚耶。」

「你們之前也未經許可，就用演習的名義亂用武器吧？警察火冒三丈喔。」

「但妳不是警察吧？」

「樹林外面的那些傢伙是現役警官喔。而且妳是早就知道卻這麼說吧？」

艾莉卡傻眼這麼說，放下握刀的手。

不過，沒有產生破綻。

她以若無其事的動作，實踐「無招勝有招」的精髓。

「為了應付魔法師犯罪，警方可以尋求民間魔法師的協助。在我們魔法師之間，這是相當有名的特例喔。」

司浮現微笑。

這張笑容裡，沒有可以稱為情感的東西。

「所以，乖乖束手就擒吧。妳不想吃苦頭吧？」

艾莉卡說完的瞬間，司以魔法護壁包裹自己。

接著間不容髮發動移動魔法。

對象是她自己。

艾莉卡不慌不忙朝側邊跨步，躲開朝她撞過來的司，砍向司的身軀。

刀發出清脆的聲音折斷。

沒開鋒的刀身，承受不了艾莉卡的揮刀與司的護壁。

司企圖就這麼逃往山的深處。

不過在這之前，雷歐擋住她的去路。

司在空中擺出肩撞的姿勢。

雷歐踩穩地面，側身迎擊。

司的護壁衝撞雷歐的身體。

雷歐穩如泰山。

司被反彈到後方，移動魔法因而失效。

艾莉卡以平滑的步法接近司。

姿勢如同在柏油路面奔跑般穩定，完全感覺不出各處樹根外露又滿是裂痕的地面很難走。

往右、往左、往後都躲不掉。

司有這種感覺。

她能做的，只有以護壁保護身體。

司沿著身體輪廓建構護壁，以便隨時可以行動，也不會誤觸障礙物。

艾莉卡將折斷的刀往下揮。

刀身別說砍中司的身體，甚至也砍不中魔法護壁。

艾莉卡算錯折斷刀身的攻擊間距。難能可貴的幸運，令司認為這是大好機會。

艾莉卡以揮刀完畢的姿勢進行收招動作。

不，是維持這個姿勢不動。

就司看來是如此。她踏出右腳，要鑽過艾莉卡的身旁逃走。

右腳膝蓋無力跪下。

不只是右腳。左腳也無法使力。

全身使不上力氣。

司的身體無力倒地。

艾莉卡結束收招動作。

司仰望她的身影。

這時候的司終於察覺，艾莉卡手中所握的斷刀前端，有著像是裊裊熱霧的想子刃。

熱霧之刃消失。

「裡之祕劍——『切陰』。」

艾莉卡輕聲說。

聽著她說話的司，意識被黑暗吞沒。

◇◇◇

「——將魔法師當成工具利用的構圖，相較於將魔法師當成武器的壓榨現狀，一點都沒有改變。我無法認同這種做法。」

達也的宣言震懾克人、真由美與摩利。

在場所有人都體認到，達也是以非同小可的覺悟，拒絕參加狄俄涅計畫。

「——可是！」

真由美已經得知達也的覺悟，理解他的理念。正因如此，她不得不開口。不得不哽咽大喊。

「就算你的推理正確！會因為這樣失去容身之處的也是你自己啊！為孤立所苦的會是達也學弟你啊！」

不能讓達也犧牲。

真由美的內心如此大喊。

即使欺騙美國、日本，欺騙全世界的人，這時假裝聽話也是上策。真由美想對達也這麼說。

不過，從樹林裡傳來的聲音，妨礙真由美的說服。

「達也不會被孤立喔。」

達也等人所在的封閉高爾夫球場裡，前第一球洞的觀眾席右側，是活用原本地形的山區。沒人整理導致樹木雜亂叢生的山中，走下四名熟悉的少年少女。

艾莉卡。

雷歐。

幹比古。

穗香。

雖然沒在這裡露面，但美月與雫肯定也在附近。

「因為有我們。」

雷歐肩上扛著一名女性。認出這個人的克人皺起眉頭。

「這個人，是十文字學長認識的人吧？可以請您接管嗎？」

雷歐毫不畏懼地站在克人面前，將司放到地面。

「我……我們不會讓達也同學孤立！」

穗香一副難掩緊張，應該說難掩恐懼的樣子，但她依然堅強地斷言。

最後，幹比古從正面注視克人的雙眼開口。

「我們是達也的朋友。不對，不只如此。我欠達也的人情還也還不完。所以，即使達也成為罪犯，我也絕對不會見死不救。我不會讓達也孤立。」

「喂喂喂，幹比古，這和人情什麼的沒關係吧？因為是死黨。有什麼理由比這更重要嗎？」

雷歐像是要把整個人壓上去，手臂摟在幹比古的脖子上。

幹比古苦笑回應「說得也是」。

克人從地面抱起司，轉頭看向達也。

「司波。你有一群好朋友。我有點羨慕。」

克人轉身背對，走向停在別墅前面的ＳＵＶ。

「十文字，等一下！」

真由美連忙追著克人的背影離開。

「真是的，敗給你了。」

摩利朝達也聳了聳肩，跟在真由美身後。

達也一臉愕然地環視臨時闖入的朋友們。

所有人都不好意思地笑了。只有艾莉卡轉過頭去，卻沒隱藏笑容。

達也轉身看向深雪。

深雪以手指擦拭雙眼浮現的淚水。

〔10〕

星期一早晨。

伊豆的別墅裡只有達也一人。

深雪在昨天傍晚，趁早回到調布的新家。

達也一邊收看電視新聞，一邊吃琵庫希準備的早餐。

雖說是收看，但幾乎是左耳進右耳出的狀態。除了和深雪一起用餐的昨天，在這裡生活的早晨大多以這種感覺結束。

今天的早餐，本來也應該一如往常地結束。

不過在這個早晨，電視裡發生狀況。

『播報緊急新聞。』

播報員的狼狽聲音，引得達也抬起頭。

『首先請看這段影片。』

畫面的焦點切換到播報員旁邊的大型螢幕。

整面藍色的螢幕，浮現一名詭異人物的上半身。

乍看之下，無法確認是男是女。

不只是性別，也看不出年齡或人種。

這個人套著一件連帽長袍，戴著白色樹脂面具藏起臉。

電視喇叭傳來螢幕上奇怪人物發出的聲音。

『我是七賢人之一，容我自稱「第一賢人」吧。』

這個聲音經過電流加工，使用大型電腦應該也無法重現原本的聲音。但語氣聽起來是男性。

『我要告訴日本的各位一個真相。』

日語說得很流利，但是從這種說話方式來看，達也認為這個人不是日本人。

如此思考的同時，達也從「七賢人」這個詞聯想到某個少年的面容。

吸血鬼事件的最後，寄送影音郵件給達也的「七賢人」少年。

雫留學時認識的這個人，記得叫做雷蒙德．克拉克。

（克拉克……？）

這個姓氏勾起達也內心的某些記憶。

但他先將注意力集中在新聞。

『ＵＳＮＡ提倡的狄俄涅計畫，我希望能夠盡快實行。為此，希望日本的托拉斯．西爾弗也參加這項計畫。』

達也的腦海裡，三個人串連在一起了。

艾德華．克拉克。

雷蒙德．克拉克。

這個怪人的真實身分。

『希望托拉斯．西爾弗，也就是司波達也先生參加這項計畫。』

這個怪人──「第一賢人」的真實身分是雷蒙德．克拉克。

雷蒙德．克拉克和艾德華．克拉克有親屬關係。

『托拉斯．西爾弗是國立魔法大學附設第一高中三年級的司波達也先生。日本的各位，請你們說服司波達也先生。』

影音訊息到這裡結束。

對於達也來說，雷蒙德．克拉克的突然介入在預料之外。

他完全沒計算到雷蒙德的介入。

魔法協會揭發托拉斯．西爾弗真實身分時的對策已經備妥。

政府施壓時的對策也已經備妥。

艾德華．克拉克沉不住氣時的對策也已經想好了。

不過，這些對策在這個狀況不管用。

達也得知自己被逼入絕境。

〔〈逃離篇〉待續〕

後記

系列第二十三集〈孤立篇〉，各位覺得如何？看得愉快嗎？

這部〈孤立篇〉是本作品開始的時候就一直想「早點寫出來」的橋段。〈孤立篇〉這個標題是在實際撰寫這一集的時候開始構思的，不過連結到劇情高潮的架構，從我出道之前就沒改過。之前一有機會就提到「『現階段』最強的是克人」，也是把這次的對決放在心上使然。新魔法「重子槍」也是為了用在這裡的道具。

本集的劇情就是令我抱持如此強烈的情感。在最後打上「待續」兩個字之後，我甚至心想「終於寫完了……」暫時虛脫。

就算這麼說，但我絕對不是很順利就寫完這一集。為兩人對決鋪路的過程，我自認是一步一腳印慢慢累積出來的……不過實際寫出來，就發現還是有各種需要調整的部分。例如文彌女扮男裝的題材，是我寫到一半察覺「他不是在九校戰就拋頭露面了嗎……」而緊急加寫的劇情……總之，這種小插曲也很有趣就是了。

就像這樣，本次的〈孤立篇〉無疑可以說是《魔法科高中的劣等生》系列的高潮之一。不過這不是最高潮的部分。

這次的對決，說穿了是自己人的內鬥。真正的敵人另有他人。相當於最後大魔王的敵人究竟是誰，我想各位讀者應該大致有個底了……話是這麼說，但還會再有點轉折就是了。劇情將會繼續加溫。

本次重視故事的推展，某方面來說刻意沒寫背地裡的隱情或是詳細的設定。以小說的形式來說，我覺得這麼做是對的，但是從我的作風來看，就無法否認有種說明不足的感覺。所以我想在這裡簡單補充一下主線劇情省略的部分。應該很多人不喜歡這樣畫蛇添足，所以是在後記結束之後換頁補記。

本集出現「狄俄涅計畫」這個架空的金星開發計畫，關於這部分，承蒙宇宙航空研究開發機構的肥後尚之大人、日本宇宙論壇的櫻井直子大人、科學作家柏井勇魚大人提供寶貴的意見。此外，柏井大人是由小說作家藤井太洋大人介紹的，容我借這個場合深表謝意。

這篇後記是在劇場版即將上映的時候寫的。我也還沒有參加試映會，所以關於劇場版，我只寫得出製作途中的情報，但肯定已經完成為一部有趣的作品。應該是適合在電影院大銀幕播映，看起來痛快無比的影片吧。

前往電影院欣賞的各位覺得如何？相信各位肯定看得心滿意足。

下一集的標題是〈逃離篇〉。我想大概會是〈逃離篇（上）〉。

關於本系列的寫作，我手邊是劇場版小說排在前面。我打算寫出「一刀未剪版」，把劇場版不得不刪除的章節也寫進去。不過，還不確定劇場版小說會以何種形式送到各位手上，一旦定案就會立刻公布。

那麼，由衷祈禱能在下一集〈逃離篇〉，或是〈呼喚繁星的少女（一刀未剪版）〉再度見到各位。

（佐島 勤）

補記（或是贅述）

◎切陰

艾莉卡使用的「裡之祕劍」切陰，是在劇場版動畫〈呼喚繁星的少女〉首度亮相。創作給劇場版使用的新魔法，逆向輸入到小說版。

以魔法種類來說，屬於無系統魔法。壓縮想子製作出沒有實體的刀身，砍向對方和肉體重疊的想子情報體。

攻擊對象的想子情報體，並不是肉體本身的獨立情報體，是在物質世界和肉體重疊之後自然形成，類似殘像的一種東西。雖然不像獨立情報體那樣和主體密切連結，但是武術造詣高超的人可以先驅動這種「殘像」藉以控制肉體（設定上是如此）。切陰是反其道而行，藉由切斷「陰」讓對方失去肉體控制能力的技術。

這一招是在〈來訪者篇〉無法對寄生物造成有效攻擊的艾莉卡一氣之下努力習得，用來對付情報體的攻擊手段。在千葉家之中，也只有當家千葉丈一郎會使用這項祕密絕招，不過艾莉卡沒接受父親的指導，只靠著祕笈就成功習得。

◎讓情報部襲擊部隊入睡的魔法

進入樹林要襲擊達也的情報部部隊被某種光所催眠。這種光的真面目，其實是穗香的魔法「眠眼」。

這是在第十一集〈來訪者篇〉第一二四頁，穗香用來讓情報部人員睡著的「邪眼」改良版。將魔法效果特化為「催眠」，提升威力、目標人數與射程距離。

◎情報部襲擊部隊遭遇的地裂與雷擊

是幹比古在「祕碑解碼」新人賽，對吉祥寺使用的魔法。「地鳴」、「地裂」、「亂髮」、「雷童子」的複合招式。

◎艾莉卡等人位於襲擊地點的原因

艾莉卡他們為什麼這麼湊巧出現在那裡，得以迎擊司以及情報部的襲擊部隊？

雖然基於「進入劇情結尾的節奏會被打亂」的判斷而割愛，不過克人、真由美與摩利回去之後，眾人在別墅的客廳進行這樣的對話。

「話說艾莉卡，和你們一起來的那些人，是警方的SMAT吧？」

「嗯？沒錯。」

「應該不是偶然吧？妳為什麼知道國防軍今天會來這裡？」

「其實我不知道對方是國防軍……但我知道今天會發生狀況，因為深雪的態度不太自然。」

「咦，我？」

「深雪，妳說過十文字學長星期天會來，所以希望我們迴避吧？」

「嗯，是的。」

「這件事，其實妳沒必要講吧？只要說句『不方便』拒絕就好，十文字學長來見達也同學，其實是非得保密的事吧？」

「啊……」

「當時我乖乖點頭回應，不過覺得應該有隱情。我猜大概會有『不速之客』找上門，所以召集了道場的傢伙。」

基於這樣的背景，艾莉卡帶著以千葉道場門徒組成的警方特殊部隊來到伊豆。

補記（贅述）到此為止。下一集〈逃離篇〉也請各位多多指教。

THE ISOLATOR
realization of absolute solitude

Kadokawa Light Novels

賭博師從不祈禱 1 待續

Kadokawa Fantastic Novels

作者：周藤蓮　插畫：ニリッ

第二十三屆電擊小說大賞「金賞」得獎作品！
年輕賭徒為拯救奴隸少女，不惜投身招致毀滅的賭局！

十八世紀末的倫敦——賭博師拉撒祿在賭場失手，獲得一筆鉅額賭金，無奈之下購買了一名奴隸少女——莉拉。莉拉的聲帶遭到燒燬，失去感情，拉撒祿將她僱為女僕並教導她讀書。在如此生活中兩人逐漸敞開心房……然而，撕裂兩人生活的悲劇從天而降——

NT$260/HK$78

台灣角川

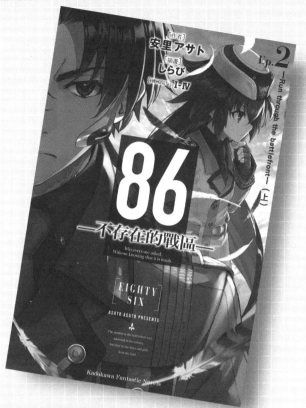

Kadokawa Light Novels

月界金融末世錄 1~2 待續

Kadokawa Fantastic Novels

作者：支倉凍砂　插畫：上月一式

四年後，阿晴再次躍入金融界，
為失去的存在展開一場奪回戰！

羽賀那不告而別之後，月面都市繁華依舊，仍處在持續成長膨脹的時代。曾是少年的阿晴為了失去重要的存在深感後悔，就此遠離金融世界過活。此時，身為沒落貴族的少女艾蕾諾亞出現在阿晴的面前，勸說阿晴再次踏入金融世界。

各 **NT$420~480/HK$128~145**

台灣角川

國家圖書館出版品預行編目(CIP)資料

魔法科高中的劣等生. 23, 孤立篇 / 佐島勤
作；哈泥蛙譯. -- 初版. -- 臺北市：臺灣角川,
2018.06
面；　公分
譯自：魔法科高校の劣等生. 23, 孤立編
ISBN 978-957-564-235-8(平裝)

861.57　　　　　　　　107005862

Kadokawa
Fantastic
Novels

魔法科高中的劣等生 23
孤立篇

（原著名：魔法科高校の劣等生23 孤立編）

2018年6月7日 初版第1刷發行
2024年3月22日 初版第4刷發行

作者：佐島勤
插畫：石田可奈
日版設計：BEE-PEE
譯者：哈泥蛙

發行人：台灣角川股份有限公司
總監：呂慧君
總編輯：蔡佩芬
主編：林秀儒
編輯：黎夢萍
設計指導：陳晞叡
美術設計：黃永漢
印務：李明修（主任）、張加恩（主任）、張凱棋

發行所：台灣角川股份有限公司
地址：104台北市中山區松江路223號3樓
電話：（02）2515-3000
傳真：（02）2515-0033
網址：www.kadokawa.com.tw
劃撥帳戶：台灣角川股份有限公司
劃撥帳號：19487412
法律顧問：有澤法律事務所
製版：巨茂科技印刷有限公司
ISBN：978-957-564-235-8